TAKE YOU ACROSS

CANADA

枫叶国穿行侧影

刘军 著

人民日报出版社
北　京

图书在版编目（CIP）数据

枫叶国穿行侧影 / 刘军著 . — 北京：人民日报
出版社，2025.3

ISBN 978-7-5115-8035-1

Ⅰ.①枫… Ⅱ.①刘… Ⅲ.①随笔—作品集—中国—
当代 Ⅳ.①I267.1

中国国家版本馆 CIP 数据核字（2023）第 203582 号

书　　名：**枫叶国穿行侧影**
　　　　　FENGYE GUO CHUANXING CEYING

著　　者：刘　军

出 版 人：刘华新
责任编辑：王奕帆
特约编辑：林　薇
装帧设计：观止堂_未氓
版式设计：九章文化

出版发行：**人民日报**出版社
社　　址：北京金台西路 2 号
邮政编码：100733
发行热线：（010）65369509　65369527　65369846　65369512
邮购热线：（010）65369530　65363527
编辑热线：（010）65369526
网　　址：www.peopledailypress.com
经　　销：新华书店
印　　刷：大厂回族自治县彩虹印刷有限公司
法律顾问：北京科宇律师事务所　（010）83622312

开　　本：880mm×1230mm　1/32
字　　数：160 千字
印　　张：9.25
版次印次：2025 年 5 月第 1 版　　2025 年 5 月第 1 次印刷

书　　号：ISBN 978-7-5115-8035-1
定　　价：39.00 元

如有印装质量问题，请与本社调换，电话：（010）65369463

序

三十年前，人民日报国际部编辑出版了《外面的世界——海外见闻实录》一书。该书通过出国人员撰写的亲身体会，以新闻报道的形式向读者呈现国外的经济、文化、社会状况。著名科学家周培源为该书欣然作序，当时周老已是耄耋之年，住在北京医院，我受国际部委派为周老整理文字。之后，周老的这篇文稿发表在《人民日报》1992年4月1日国际版头条，题目是《更好地找到自己的方位和坐标》。文章开篇写道："改革开放十多年来，进出国门的人数远远超过新中国成立之初30年的总和，中国人在同外界的交往中，不仅了解了外面的世界，而且经过比较之后更清楚地找到了自己的方位和坐标。"

周培源曾任北京大学校长和中国物理学会理事长、中国科学技术协会主席，早年赴美留学，后来又多次前往海外从事科学研究。周老在物理学方面取得举世瞩目的学术成就，是新中国成立后我国第一代科学家的杰出代表，他用自己的亲身经历讲述了中国学者的成长与祖国的强盛之间的紧密相连。

同20世纪相对单一的出国目的相比，如今国人的出国目的变得更加丰富和多样，从探亲访友到旅游度假，从留学工作到安居移民，从增长文化见识到环球购物消费，纵览海外风光，遍尝天下美食，在海外任何地方几乎都能看到中国人的身影。

从踏上枫叶之国的那一刻起，笔者便将自己当作在此地生活的普通人，记录了这段横跨东西、纵贯南北的加拿大旅居经历，特别是对著名城市温哥华、多伦多、蒙特利尔、魁北克、渥太华及旅游胜地班夫和东部四省的深入式、沉浸式探访。在这段用心、用情记录下的旅居经历中，既有地理常识，又有风土人情，不囿于日常生活、衣食住行，还有历史传奇、文化典故，细细读来还会品味到笔者对东西方文化差异的理解和对北美大陆历史发展的思索。不管是已经去过加拿大还是以后要去的朋友，都会在书中找到共鸣与启发。无论读者想去加拿大留学求职，还是旅游探亲，甚至只想在书中环游加拿大这片广袤大地，本书都会是您行走过程中的文化旅伴。

与读者分享旅居经历中的感性表达和理性思考是笔者的创作初衷，让读者获得身临其境的文学感受是笔者最为欣慰的追求。当出国不再是一种奢侈，而是人们日常生活的一部分，衣食住行、沟通交流、文化差异，这些最普遍而又需要每天面对的日常环节，恰恰是出国在外的每个人最关心和最需要的。

读万卷书，行万里路；开卷有益，以飨回甘。

作者写于2024年深秋

目 录

外面的世界

如今，护照、签证对中国人来说已是非常熟悉的物件。而三十多年前，这些东西对大多数国人来说还是非常陌生的，因为自由出入国门仍是一种奢望。

时光转换，我拿着中国护照走出北京海关，准备登上飞往加拿大的航班时，回身从首都机场明亮的大窗户望向蓝天白云，突然意识到，如今，大多数情况下，普罗大众也可以想去哪个国家就去哪个国家了……

关于国人出国的变化，这三四十年的发展历历在目。20世纪80年代初，改革开放春回大地，出国留学开启新篇。那时，人们对外国的认知还停留在发达国家先进的物质条件上，如果有机会公派出国，一定会带回一两个大件电器；90年代后期，随着进出口贸易扩大，出国留学和旅行的人也越来越多，旅行社也推出了面向个人出国的旅游产品；进入21世纪，中国人已经开始到国外投资办企业，在国外的中国公司雇用当地居民的情况也很普遍，对更多的中国人来说，出国仿佛变成只需随意买一张往返国际机票如此简单的事情。

回想90年代初，记得我身边曾有这样的事情发生——我在北京协助一名出国商务团的成员在北京首都国际机场转机，成员都是持单位办理的团队签证出访的。在机场大厅迎接他们返回的时候，我发现回程队伍中少了两位年轻人，据说是在国外走失了。当然，在国外遇到这种情况，带队负责人会第一时间报警，请当地警局帮助搜寻。但由于当年这种事情时有发生，更大的可能是失散人员故意躲藏起来，不愿归国，他们甚至把护照藏起来，哪怕明知自己会变成没有身份的"黑户"，也要冒险留在国外生活。再后来，听说为了防止这样的事情不断发生，旅行社采取护照由带队负责人统一保管的措施，目的是让有意滞留人员的手上没有护照，滞留后没有合法的入境身份，就会成为偷渡客而遭到遣返。那时，尚未开放个人签证，公务护照办理要求严格，有的旅行社还会用担保的方法限制出国人员不归的情况。即便如此，还是屡屡有人想通过新方法骗取西方国家签证入境，用尽不合法的手段实现出国的目的。有人骗取信任，与外国人结婚，获取出国资格；有人公派出国学习或工作后，以各种理由滞留不归；有人通过"蛇头"，偷渡出国成为劳工；也有人故意违法，并去国外隐匿栖身。这些人中的大多数并没有想清楚自己是否能适应长期在外国生活，似乎觉得国外是人间天堂。他们更不会想到，几十年后出国会变得如此方便和普遍，他们中的很多人如今一定在后悔：早知今日，何必当初呢？

那个年代最令人羡慕的是青年学子中的佼佼者，他们凭借出色的成绩获得国外大学的青睐，荣获全额奖学金，出国攻读硕士和博士学位，他们是中国改革开放的骄傲成果。而到今天，也就四十多年的光景，连出国留学的基本状态都彻底改变了，从小学到中学、大学，每年都有几十万名中国孩子出国留学，普通家庭的孩子也可以实现出国学习的梦想，成熟且合法的国外升学通道完全开放。这是中华民族走出国门人数最多和规模最大的时代，中国也从未像今天这样与世界融合得如此紧密。此外，外国人的面孔在中国的大城市里越发多见，他们带着对中国大都市的憧憬，来到中国就业、做生意。从高楼大厦到宽阔大街，从电子产品到汽车、家居，大城市的繁华和便利加之中国的饮食文化，都在吸引外国人来华。在中国发展的外国人将中国的物质条件、经济环境与西方发达国家对比后，产生了全新的认识——财富和资金不再只是西方社会独有的，中国城市发展崛起后也同样拥有这些。

普通民众用几个月的工资就可以到国外玩一趟，出国旅行的平坦之路就摆在国人面前。中国人的出国目的不仅清晰，而且多样：留学、工作、探亲、旅游。除此之外，又多了一项新的目的——移民。中国人可以通过投资和工作渠道进行移民，支持中国人移民的国家遍及世界各地，这是中国与国际接轨的高光时段。回溯到20世纪初，那个中国人远涉重洋求学的时代，只有富商权贵才有这样的机会。

"丁零零……"这是2006年的一天，家中的电话响起，电话那头传来老同学GAOYI熟悉的声音。他在电话那端告诉我，他已经移民加拿大，现在就在太平洋的另一端体验着国外的生活。之后，他又将记录生活、旅行的文字和照片传来。从他的话语和书信中，我能够体会到，中国人对国外不再陌生，外国是一个想去就能去的地方。放下电话，我忽然意识到：虽然我们大城市的人对出国已不再感到新鲜，因为无论从媒体还是身边出国的人的经历都可以第一时间获知国外的现状和时事，但是如果能够静下心来在国外安顿下来，生活一段时间，通过衣食住行体验中国与外国的生活，便能发现细致的差别。这和短期出国旅游时走马观花的感受完全不同，这种旅居生活是全球和平繁荣时期给予我们的一种福利，这种福利在冷战时期是没有的。在过去100年中国与西方的交往中，能达到现在这样近

乎融合的关系已实属难得，能持续多久还真不好说。因此，心
动不如行动，背起行装就出发，获得对国外历史、文化以及现
实生活的"沉浸式"感受和"触摸式"了解，比听人讲述或从
文字上知晓更加真实、立体。你不仅可以拥有对国外生活观点
的独立判断和话语权，还能增添一段多姿多彩的新鲜岁月。由
此，我萌生了出国旅居的念头。

　　经过一段时间的准备，这个远行计划终于可以实施了。去
往加拿大温哥华的航班起飞的那天，隔着飞机的舷窗，我看到
广袤的大地越来越小，落日余晖从巨大的机翼上慢慢消失，飞
机开始穿越黑夜，飞向更远的东方，跨过北极圈和阿拉斯加，
横穿太平洋子午线，进入西半球……

　　十小时后，我将在一片新的土地迎接崭新的晨曦。

客从东方来

　　加拿大素有"枫叶之国"的美誉。枫树、枫叶已被加拿大人民视为国树、国花珍爱，成为国家、民族的象征。加拿大位于北美洲北部，国土面积位居世界第二。在我们的记忆中，这片大陆被现代文明发现是从17世纪开始的，欧洲探险家花费一百多年的时间，先后从北美西海岸和东海岸登陆，完成了对这片土地的探索。直到今天，我们依然能够在加拿大各地看到很多北美洲原住民的后代，他们的生存方式和传统文化正在渐渐被现代模式所替代。

　　我之前不只一次飞抵美洲和澳大利亚，对于十小时的行程早已习以为常，落地后总能看到清澈的天空、白净的云朵、宽阔的大海、高远的鹰鸟，还有陌生人主动向我打招呼时的笑脸。西方人大多乐观和蔼，愿意与人接近和交流，但对东方人来说，他们内心的真实想法还是有点捉摸不透。在加拿大居住的华裔超过200万人，占全国人口的5%以上，在加拿大各主要族裔中名列第7位。多伦多有70万名华裔，温哥华有50万，蒙特利尔和卡尔加里各有10万。华人喜欢居住在同一座城市中互相为伴，不太喜欢独居。这样做不仅是出于安全考虑，更多的原因还是在平常生活中多一些可以用中文交流的邻居，华裔之间可以聊天，谈论在新的城市里不懂或者熟悉的事情。东方人大多性格内敛，在国外他们更加约束自己，不轻易发表观点，一般不会惹是生非，更愿意过安逸的生活。

温哥华和多伦多是飞往加拿大最主要的两个国际飞行入境地，外国人大多从这两座城市的海关入境。从中国飞来的航班多在当地时间上午落地，几小时后飞机又会返航。我在飞机上看到晨光照耀着舷窗和机翼，洒向西半球的大地，目之所及已是加拿大的国土，飞机将降落在温哥华机场。温哥华机场是世界上最繁忙的机场之一，傍海建造，占地面积并不夸张，但机场运营十分高效，白天平均每几分钟就会有飞机起降。在海边堤岸看飞机起落是温哥华的一道风景，听说很多人就是为了看飞机起飞降落的美景，常常在海边一待就是半天，专门看飞机贴着海面呼啸而来，又紧紧贴着地面轰轰地飞起，直钻云海。

机场大厅内基本是墨绿色的色调，指示标志非常清楚，旅客只需几分钟就可走过通道，进入海关审核大厅。大厅内设有两条通道，将外国人和本国人分流。外国人多持护照到柜台当面办理，本国人在自助终端机通过指纹和面部识别后可以办理，但最后都须经过海关人员的人工鉴定程序。加拿大人素以低调与平和见长，自带的平静和休闲感，似乎可以使周围环境的节奏也慢下来。环境是无声的语言，用心体会就能感受到不同的国度散发着各异的气场。我在走过廊道时特别留意到，不时有警员牵着警犬并不声张地在大厅里转悠，警犬嗅查着各处有没有违禁品。

旅客在入境审核时通常都会被问及几个问题，比如来加拿大做什么、有什么亲戚、待多长时间、在什么城市逗留，等等，主要目的是观察旅客的眼神和言语中是否有可疑之处。入境动机往往是最容易引起关注的，这些海关警察拥有敏锐的职业嗅觉，凭经年累月的经验和现场感觉做出判断。如果他们有一点点疑虑，就会继续盘问，几句话后还是难以打消顾虑的话，即使最终放行，他们还是会在旅客的档案中标注一个符号。这位旅客以后每次入境时，无论是否经过同一个入境点，电脑都会显示档案上的符号，提醒审察官留意是否需要问询。如需要，审察官会让这位旅客前往旁边一个比较大的办公室，接受新一轮的盘问，这里还有同样等待着被问询的旅客。审察官可能会向该旅客询问更多问题，他们只关心材料的真实性，因为最终他们须对签证的程序导向性负责。接受问询的旅客不用过分担心，有时在办公室里甚至一句话都不问就放行了，之后可以前去领取行李。

北美的冬季航班经常不能准时起降，天气变幻无常是主要原因。风雪无常和低温结冰使旅客滞留，成为北美机场的普遍现象，行李也会不小心被其他航班运往世界各地，而不是行李牌上所标注的城市。我曾经历过行李被运到晚一天的航班上的经历。那一次，我在到达行李转盘旁等了又等，直到转盘上没剩下几件行李时，我才意识到自己的行李可能出了问题，赶紧询问原因，得到的回答是静候通知。行李丢失还是很少见的，但行李晚到几天时有发生，有时航空公司会给予旅客适当的补偿。有一次我的孩子乘坐国际航班，行李没有随机抵达，美国航空公司立刻给了他每天25美元的补偿，并奉上洗漱用具和随身备品。

在长途飞行后，我还是会感到些许疲惫，但新鲜环境的刺激会抵消一部分疲劳感。在办理手续时，我见到了不同肤色的工作人员。加拿大是一个移民国家，国家公职人员中有来自不同国家的移民，他们的工作语言是英语。有意思的是我还真遇到一位来加拿大后在机场移民局当警察的北京女孩，我用英语回答问题时，感觉这位长着东方面孔的年轻姑娘像中国人，我再一问，果然是北京女孩。此时是她的工作时间，我也不便和她闲谈，但对她的工作经历还是感到好奇。

取完行李并不表示一定可以顺利地走出海关大厅，因为还有最后一道检查在等着你。每位旅客的护照中都会夹一张小纸条，这是加拿大海关内部人员标注的信息提示，有的是一个号码，有的是一个打钩的符号，还有的是一条线。旅客们只有走到这个最后的关卡，让工作人员看一眼标记，收回这张小纸条，才算完全过关。

走出机场大厅正是中午时分，清新的空气伴着蓝天白云，让我心旷神怡。周围的人讲着英语，而不是我熟悉的中文。我不自觉地仰视了一下天空，似乎是想感受一下还有哪些地方和自己熟悉的环境不一样。

隐形的管理力量

一个国家能被称为移民国家，通常是因为这个国家中相当数量的国民是在长期的岁月里从其他国家移民过来的。这些从各国乃至各大洲移民加拿大居住、生活、工作的人，他们的文化背景和生活习惯是如此不同，移民后是怎么在同一套法律制度和生活环境中和谐相处的呢？他们又是怎么形成共同的社会价值观的呢？

政府在其中所做的一切，发挥了重要的协调作用。没有铺天盖地的会议和标语，主要还是通过一视同仁的文明观念和生活惯例，让新移民和已经在这里生活多年的居民遵守相同的行为准则。城市管理者年复一年地坚守着大众认可的规章制度，使之逐渐成为人人遵守的基准。一些约定俗成的礼貌用语，正是因为有着强大的生命力而延续至今，法律和文明的尊严得到长久维护。

不断有新移民来到加拿大，怎么保证来自各个不同国家的人对同一事物有相似的理解呢？移民们只有拥有了基本一致的认知，才能做到行为相符。我们可以看到，加拿大各个城市和景区都设有问询台，工作、语言、医疗、教育、交通、公共服务等与生活息息相关的各个方面都有专门机构提供咨询，移民可以免费享受政府提供的这些服务。简洁、便利、统一、规范是移民国家让来自五湖四海的不同群体获取信息和认可管理的前提要素。

加拿大的城市管理条文中的各项要求也是明确的。就以城市交通中的停车规定为例，温哥华这种大城市的停车方式与中国差别很大，中国是车辆一停，就有收费人员前来收费，加拿大这里是不会有人来收费的，取而代之的是每一段公路都设有标志牌，对使用方法做出明确规定，比如是否允许停车、如何停车、违章停车的处罚条款等。如果你在什么地方发现没有这些标志牌，恭喜你，可以随心所欲地停车了，但这样的地方少之又少。而且，所有的停车场都会有明确的标志牌，标明收费模式，免费或按小时收费等都有。此外，你还需要看清楚，什么时间段可停、什么人员可停、什么位置可停……在这里根本不用向人询问怎么停车，标志牌上都写着呢。甚至停车场里的车位都被画线细分，有专门留给残障人士的固定位置，有把大车和小车区分开的停车位，车辆在非许可状况下停放是会被罚款的。停车场的交费设施简单易学,信用卡、借记卡和现金都可使用。在加拿大,房屋外的一块区域是可以停放房主的私家车的,受法律保护,保险公司对用户车辆的保险赔偿包括这个区域范围内。

除此之外,行人过马路都非常遵守规则。有趣的是,来加拿大的美国人都会异口同声地承认,美国人在遵守交通规则方面的自觉程度远远逊于加拿大人。加拿大人在这方面的优秀表现在世界范围内都是数一数二的。

乘客在公交车站排队上车,不用担心有人插队,有急事想提前上车,别人也会友好地应允。在公交车上,乘客用非常原始的"拉绳铃响"的方式提醒司乘人员自己到站了,下车时乘客也会对司乘人员说一声"Thank You"(谢谢),礼貌用语处处可见。

我确实对一个城市中人们共同践行的很多准则感到好奇,为什么这些准则并没有被记录在案,也不会通过发布"文明用语"的形式广而告之,但几乎人人都会这样做?答案可能只有一个——人们在用眼睛观察他人的一言一行,用行动学习他人的得体举止,于是"雪球"越滚越大,这样做的人越来越多。

市民违反城市设施管理规定,也会受到严厉处罚。在温哥华基斯兰奴海滩(Kitsilano Beach)西侧有一个很大的露天游泳场，围墙比较高，栏杆处有一个醒目的告示牌，写着"泳池关闭时擅自进入，将罚款2000加元"。初看这个数字，我有点难以置信，再看一眼，确实没有看错，是2000加元。这是什么概念？2000加元相当于普通人一个月的全部工资，是通常在中国罚款200元人民币的10倍（不计汇率）。不就是翻墙进去游泳吗，为什么会有这么高的罚款？答案也不复杂：一是这种罚款不光为了惩罚逃票者，还为了保护人身安全；二是做出违法行为就必须付出高昂的代价。

加拿大有些城市规定，人群聚集地严禁饮用酒精饮料，当然包括啤酒。在公园这种人群密集的地方，安保工作尤其重要，人多的地方都有持枪警察巡逻。在人们常去锻炼的田径场旁边，时常会有警车停在一边，公园和海滩更是重点区域，全副武装的警察站在警车上，视野遍及海滩或者草坪以外很远的地方。我在公园的草坪上就看到过一件有趣的事：一位全副武装的警察来到一群年轻人面前，指着他们喝的饮料说了一阵，只见小年轻把一个铁罐饮料放回包里，可能是啤酒。年轻人很听话，警察也就不再多说什么，去别的地方巡视了。景区和景点都会有标志牌说明禁止在公共场所饮用含有酒精的饮品。

每个城市都有各自的市政大厅（City Hall），即城市管理机构的所在地。空暇时我来到列治文市（Richmond）的市政

温哥华海滩游泳池的围栏处竖立着清晰的文字标识：根据法律规定，非法进入者罚款2000加元。

大楼，楼宇不大，被一个街心花园围绕，没有警卫也没有门岗，市长和议员进进出出，百姓和普通社会组织成员想约见或者商谈事宜，都可以自由进出这些城市职能部门。作为纳税人的公民也可以对公职人员的工作给予评判。让我印象深刻的是，这座城市的核心管理办公楼是那么朴素，没有豪华的装修，也没有壁垒森严，公民想了解任何关于政府管理方面的信息，直接来这里就可以。据说，如果晚间楼内办公人员离开后灯长时间开着，可能都会受到民众的指责。

这种隐形的管理方式显示着政府的公权没有缺失。哪怕政府楼厅在外观上并不气派，同样具有法律赋予的管理力量和威慑力。市民深知政府制定的规则是必须遵守的，很少有人会去挑战政府管理权威，他们知道这些规则是服务于百姓的，为了保护百姓的利益。反之，如果没有民众的需求作为支撑，任何一项政府行动都会遭到市民的反对。民众对政府的支持是由下而上的，基层普选体制让百姓拥有更多的发言权。在民众的监督中，政府和社会资源得到了很大程度的节省。

列治文公共图书馆

一天我去了列治文公共图书馆（Richmond Public Library），这里也称文化中心（Cultural Centre），图书馆是公益性质的，对公众免费开放。加拿大政府通过图书馆这样的设施，让百姓尽可能多地享受文化方面的福利，把纳税人的钱用在看得见、摸得到的地方。图书馆旁边有很大的免费停车场，足以保证每位来访者使用。整个图书馆大楼占地约2500平方米，是一座两层高的小楼，看上去不大，更不豪华，掩映在绿树花坛之中，紧邻市中心的一条繁华大道，周边的运动场和游泳池与图书馆连成一片，这里也是青少年活动中心。喷泉在小楼前涌动，鸟儿也把这里当作栖身之处，人们来来往往、进进出出，人流量虽大，却出奇宁静。

加拿大各地政府都很注重图书馆的便利性，即使很小的城市也会有供市民使用的图书馆。走进图书馆大厅，我先熟悉了一下周围的环境，然后就开始接触工作人员。我先办理了图书卡，这张卡牌也能起到证件的作用，凭个人账号（ID）可以借阅二十多本（盘）书籍或光盘等电子存储设备，只要不逾期，都是免费的。有几台个人自助申请图书卡的电脑供人使用，操作简单。我在电脑上登记了一些基础信息，就可以到服务台办理借阅手续了。

这里的工作人员非常热心，一位工作人员从我讲英语的声调听出我不是本地人，同我说话时就贴心地把语速降了下来。过去一直听说加拿大列治文市有很多中国人，多到几乎在任何场所都可以用中文交流，这里是全世界最大的"中国城"。早就听说列治文公共图书馆里供人借阅的刊物品种非常丰富，但亲眼见到还是有些吃惊——从书籍到光盘，从儿童读物到学校教材，从供家庭阅读的通俗医学杂志到供专业人士研究的学术论文，数不胜数。大多数人都是在家中通过网络预订想要借阅的刊物，工作人员会对照人们在网站上提交的申请，在库房里筛选、取出，再把这些书籍或光盘放在一个架子上，由借阅人自助领取。借书的最后确认程序需通过电脑扫描，归还时则要求从规定的书箱洞口投入，由管理人员理顺并放回库房。

两层的图书馆环境舒适、格调优雅，各排书架标有阿拉伯数字和按英文字母顺序编排的作者姓氏。在一个城市中有若干处阅览点的资源是共享的，借阅人通过图书馆的官方网站可以

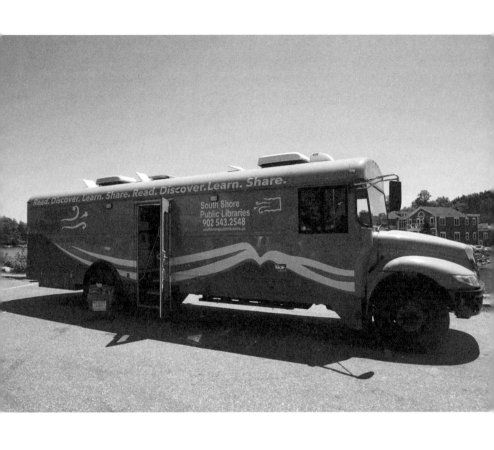

新斯科舍省卢嫩堡市周围的公共流动图书阅览车，也是一个移动图书馆。车上有网址和电话，便于市民查询车辆的到达时间和图书目录。

查询书籍的总册数、借出数，实时知晓想借的书籍剩余多少册，如果当期没有，也能知道归还日期，还可以预约借阅时间。图书馆也接受各界人士的捐赠，我就看到图书馆的书架上有一组标明"李博士"的专柜。李博士是当地的文化名人，可能是捐赠图书太多，多到图书馆中的几排书架上都是他捐赠的图书。他可以算是加拿大公共图书馆的突出贡献者。

最有特色的是借书环节。成人一次可以借十本，借期为二十一天，到期后还可以续借一次。如果逾期未还则要缴纳罚款，每逾期一天罚款1加元。为避免借阅人忘记归还期限，图书馆提供打印借阅时间条的服务，时间条上印有归还时间，很人性化。此外，图书馆的网上借阅系统也值得称赞。借阅人登录图书馆官方网站，进入个人页面，可以看到借阅物归还时间的提醒。如果想借的书被他人借走，只需在系统中进行登记，当别人归还此书时，借阅人可以即时收到消息提醒。

图书馆一层提供问询服务，还供应点心和咖啡等餐点。这里还有儿童图书区域和学龄前儿童的活动空间，由五颜六色的装饰与花花绿绿的图书组成，一眼望去，仿佛是一片充满童真的海洋。家长带着只有几岁的小孩或是推着婴儿车在这里穿行，展台上放着各种儿童活动的介绍单页，供家长翻阅和报名。这些儿童活动项目中的大多数是免费的，但补习辅导类项目就要收费了。孩子们的活动天地非常大，分为幼儿（Kids）和少年（Teens）两类，不仅有各种学习辅导书及音乐、舞蹈培训教材，还有各年级上课所需的正规教材。借阅部分教材是需要收费的，因为教材的购买渠道是学校，从这里借阅只是以备不时之需。图书馆的二层也有供孩子学习音乐、舞蹈及其他艺术课程的区域，这些课程都是收费的，一小时十几到几十加元不等。每个周末和放学之后，家长会送孩子来这里学习，一些付费的培训机构也可以申请在这里举办活动。

二层还专门设有为老年人授课和办讲座的区域。有一次，我透过玻璃门向室内望去，看到大长桌旁围坐着六七位老人，一位老师正在讲课，老人们都闭着眼睛，进入了冥想状态。原来这是一堂心理辅导课，老师正在通过心理暗示给老年人做静心修身方面的辅导。轻松一些的活动包括做游戏和日常的交流对话，说说自己的家庭生活或者介绍家人和自己，让老年人在这里收获快乐。

我从图书馆回来后就试着登录图书馆的网上借阅系统，特别注意到有的图书上会标记"On Hold"（暂缓），意思是所选图书被别人借走了，要等归还后才能借阅。在这个城市里，列治文公共图书馆还设有三个分馆，图书在各馆之间转入或转出，一旦借阅人选好要借阅的书，等几天就可能显示"Ready"（可借），这时就可以去图书馆取书了。一个特定的柜子上放着用纸皮包好的书籍，那就是工作人员为借阅人准备好的图书，还可以看到别的图书馆转递过来的图书和光盘。借阅人可以通过图书馆官网搜索各种书籍的各个版本，一旦下单便会放入属于借阅人的虚拟书架上，期限为一个月。在这一个月内，别人会看到有人订了这本书，但如果期限已到，借阅人仍不去取书，别人便可在系统中借阅这本书。

文化是一个城市的重要元素，一个商业萎靡、文化枯竭的地方，是形成不了温暖的人文环境的。虽然北美洲只有四百年的现代发展历史，没有深厚的积淀，但在这块土地上，历史和文化是受到尊重的。人们在每个公园里都会看到椅凳上铭刻着故人的姓名，这些人是对这个城市发展做出突出贡献的人。小小的金属牌上铭刻着这个人的生卒时间，是为了让人们记住这段历史、这些人物。我到过隔海相望的维多利亚岛，也去过繁华的温哥华中心斯坦利公园，在各个景点都有这样的铭牌，都镌刻着人物的生平。这是在给每一位公民提醒——你的一生要为社会做什么贡献呢？

穿过大街和住宅区，我感受到生活的愉悦和轻松。天湛蓝，风轻盈，空气中散发着花香，沁人肺腑。在感受到云、风、花、树这些大自然的美好的同时，我也感受到人们对阅读文化的格外尊重。

丰富的中国元素

　　温哥华时间比北京时间晚15小时，端午节到了，前两天我在超市花2块6毛9买了6个五芳斋的粽子，是正宗的中国味道。虽然人在国外，但过节的感觉还是要有的。每逢佳节，粽子虽小，但我对国内节日的情结却在加深。加拿大列治文这个城市的中国菜是再正宗不过了，我从第一次来到这个城市起，就被这里浓厚的中国特色所吸引。据说，这里的应季蔬菜比中国还要齐全，因为气候适宜，有农场专门栽种华人爱吃的各式蔬菜。这里的中国人很多，华人喜欢扎堆，特别是对来加拿大又不太懂英文的华人来说，与亲朋好友在同一个城市生活，是一种充满安全感的选择。于是，华人在此越聚越多，尤其是富裕的投资移民。他们选择在这个城市住下来，是因为这里的生活实在太方便了。朋友经常开玩笑说："在这里不会讲中文你都不好意思，而且可以直接问对方：'你怎么不说中文？'"

　　超市和商场经常搞促销活动，不同时间会有不同价格，甚至两个相距不远的超市中同样物品的价格也有不小的差异，赶上年底和圣诞节，促销活动会更多。这里的商场有 The Bay、Landon Drugs、Price Smart、Superstore、Costco、Aberdeen Centre、T & T（大统华）、China World、Canadian Tire、Save On Food、Bestbuy、Lansdowne、Smarter，还有 Outlet 等，数一数不下十个，都在相距三四千米的路程之间。这样看来，超市和商场还真多，吸引着爱好各不相同的顾客进进出出，直到逛够为止。

国外华人聚集的地方，常常会有一个"中国城"（Chinatown），一些地方也称之为"唐人街"，温哥华也不例外。早在18世纪中叶就有华人远涉重洋，来到北美西海岸打工谋生；后来，太平洋铁路公司修建横跨加拿大东西的铁路，在温哥华雇用了大批华人劳工。经过一百多年，城市中的几代华人还是留下了不少生活印记。温哥华市中心的唐人街曾经是一个著名旅游景点，现在已是一幅败落凋零的景象。如今，来往这里的华人已经不多了，当年这里可是热闹非凡。我来到唐人街，有很多店铺都在销售旅游产品，摆放着各种旅游纪念品，想必这里曾经也是中国游客到温哥华旅游必去的地方之一。改革开放前，中国内地还不富裕，也没有开通贸易，在加拿大的华人想买中国货，或许只能来这里的唐人街。

我徜徉在唐人街上，看到这里有"Shanghai Ville"（上海巷）、广东街等的路牌，有各种在20世纪二三十年代的电影里才能看到的老旧中国街的景色：有砖瓦结构、灰白相间的青瓦老房子，也有颜色深暗、带灰色或赭色木窗的建筑。巷子两端矗立着高大的牌楼，具有典型的中国建筑风格。牌楼上有两副对联，估计是跨入21世纪前夕所作。一副对联写着"温聚精英多是故乡人如万马奔腾承先启后　丰临华埠共开新景地似百花齐放越古超今"，横批是"千禧门"；另一副对联在立柱背面，写着"枫叶留丹捧花竞秀英才符众望广开胜境乐如何　珠玑门巷金碧楼台镶构纪千禧永慕前贤功最伟"，横批是"继往开来"。在这条街上还有一个"中华门"牌坊，汉白玉的底座，镀金的字，牌坊正面是"中华文化中心"的字样，再向里走是一个名为"孙中山先生公园"的小广场，加拿大国旗在上空高高飘扬。

唐人街上有些小店还在正常营业，有点像北京后海小巷深处那些卖艺术品的店铺，但光顾的客人很少，这与近年来大温哥华地区数以万计的华人移民生活水平提高有一定的关系。他们对唐人街上贩卖的物件早已失去兴趣，自己从中国带来的商品比这里丰富许多，也就不会来这里"淘宝"了。现在的唐人街只是一个历史符号，随着时间的推移，这里的影响力可能会更小。但历史就摆在那里，走过就会有脚印，路过就会有风声，唐人街也是中国老一代移民在加拿大被尊重的历史印记。

大多旅居国外的华人是很精致和讲究的。他们通常会有选择性地在不同类型的商场购物。要想购买西化一些的商品，他们就去加拿大本土色彩浓厚的商场，但他们也会发现，这些商场中的东西并不非常适合华人的生活习惯；要想购买有中国特色的商品，他们就去以销售中国产品为主的华人超市，里面的中国特色产品能够满足他们在异国他乡想要重温家乡味道的需要，让他们从小在中国养成的生活习惯得以保留。许多华人会经常在一起讨论各种商品的差异、比较价格，讨论商品涨价或是降价是他们生活中的一个重要话题，不管哪个商家有促销活动，他们都会相互通知。有时他们会在打折日的清晨早早地来到店门口排队，等待商店开门。

温哥华的市场里也有为华人回国前购买加拿大本地特产开设的一些专柜，想方设法满足回国探亲访友或旅游结束的华人的需求，特别是礼品方面。华人出国归来总要给亲人或朋友送礼品，甚至同事之间也会送伴手礼，这都是国内经济发展带来的现象。国人比较喜欢带回国的商品有加拿大特产枫糖浆、巧克力、洋酒和辅酶Q10等营养保健品。除了这些，像燕麦、奶粉、花旗参、香烟、香水、护肤品等，都深受华人欢迎，机场免税店也是选购礼品的重要地点。

如今，国外的华人越来越多，中国味道越来越浓。在这种包容的氛围中，华人不仅需要有越来越强的自尊和平等意识，还要保持一分清醒，要去关注华人的生活习惯是否能融入和匹配更广泛的现代文明、华人淳朴畅快的社交方式是不是能被不同文化背景的人们接纳和认可。

医疗资源的配置

在加拿大办理医疗保险是一件大事，许多国人在出国前想多了解一些关于这方面的情况，但相关介绍少之又少。随团出国的旅行者通常都由旅行社代买团险，而对于选择个人游的旅行者来说，很少有人会为几天的出国行程购买境外短期医疗保险，其实这样是有一定风险的。如果要在国外居住一段时间，可就不能不重视了。

加拿大公民与外籍来加人员购买保险的金额差异是很大的。外籍访客每天至少需要花费几十元人民币，年龄越大买保险要交的金额越高。对于每位来国外旅行和居住的老年人，如果没有本地身份，需要交的保险就更多了。加国的保险体系很有特点，如果你有驾驶执照，那么个人所有的医疗保险都是和驾驶执照绑定的。2018年以前，驾驶执照和医保卡是两张分开的卡；现在，驾驶执照已经与医保卡合二为一了。为什么？一是在国外驾驶执照相当于身份证，是法律认可的"ID"（身份证明），适龄人群几乎人人都有驾驶执照，使用方便；二是两张卡涉及的保险内容都与人身安全相关，信息资料合并在一张卡的后台系统里，便于查询和管理，一目了然。在加拿大境内旅行，很多地方只要一张驾驶卡就行了，它代表了你的全部身份证明。这样做既有效地保护了个人信息，也确保对每一位旅行者做必要的身份检查，但海关和边境就另当别论了。

加拿大永久居民卡（Permanent Resident Card），俗称"枫叶卡"，是在加拿大永久居住的身份证明文件，持卡人可以在当地长期学习、生活、工作，享受当地福利待遇（除选举权和被选举权）。拥有枫叶卡是外国人在加拿大长期居住的必要前提条件，之后就可以申领医疗保险的全部待遇了，接着是体检，再过三个月就可以收到医疗保险卡了。政府机构做事认真负责，对个人地址的变更特别重视，只要更换居住地址，底单上所有个人备案的信息资料都要随之变更。ICBC是加拿大不列颠哥伦比亚省保险公司，也是日常市民与政府部门沟通、办事的重要机构。ICBC是The Insurance Corp. of B.C.的缩写，巧的是这个缩写与中国工商银行的缩写正好一致。我曾经听说过一个逸事：加拿大的ICBC公司想把"ICBC"这个互联网域名以1000万加元出让给中国工商银行。这个公司在加拿大不列颠哥伦比亚省的权力真的很大，威风凛凛，人们考驾照、缴罚款、上保险、办理赔、变更个人的各种资料和信息等，都必须依靠这个公司来完成。

如今，驾驶执照和医保卡合并后称为服务卡（Service Card），多种社会服务都被绑定在这张卡上，如果个人地址、家庭电话、手机号码，乃至交费银行的信息发生变更，都必须第一时间提交变更申请，否则可能连普通信件都收不到。因为直到今天，加拿大邮局仍然是政府通知传达到个人的官方通道。ICBC会将Health Service Centre（健康服务中心）或者其他社会管理部门与公民的往来联系和通知内容通过邮寄的形式送至登记地址，也会把变更的家庭地址打印成一个小小的贴士（Stick）寄达，让公民规范地将这个小纸条贴在证件上的变更处，覆盖原来的内容，便于管理部门直观地看到变更之处。ICBC寄达小贴士的这一做法还是很严谨的，确保了登记管理信息的准确、有效。

在加拿大使用医疗保险和医疗资源都是有明确规定和要求的，公民必须按照政府的规章制度办理。就诊步骤是患者先向家庭医生介绍病情和症状，再由家庭医生根据诊断决定病人是否需要做进一步的检查。每个家庭都有自己的家庭医生，家庭成员可以按自己的意愿选择医生，大多数华裔都愿意选择会说中文的医生，这样交流起来比较方便，但能说中文的医生还是供不应求，华人大多只能选择当地的医生。如果你认为家庭医

生的服务不好，可以在每个年度结束后自由更换。平日里每当
你出现身体不适的情况，非紧急时可以给诊所打电话问询、预
约。当然，如果情况紧急，请第一时间拨打911（加拿大的急救
电话），医院会在第一时间安排救护车对病人进行救治。

在加拿大，家庭医生一般会让患者前往专科医院。对加拿
大人来说，得了小病常常就去临街的诊所、药房买点药，毕竟
去医院看急诊的费用是比较高的。我的一位朋友的爱人说，他
去看一次牙医，哪怕保险能够涵盖诊费的80%，自己还花了
2000多加元。在这里，看病的流程是医生开处方，病人去药房
自费买药，年底根据药费金额的大小决定是否需要向政府提出
医疗补助申请。对于一些常年有疾患、药费金额比较大的患者，
政府允许按年度申请大额医疗补助。如果需要住院，政府将负
担患者的全部医疗费用。在这样的医疗制度下，人们会很重视
自己的身体状况。超市和商场中都有按方拿药的药房，一些非
临床的疾病就在这里拿药，如London Drugs等。

在市中心显眼的地方，能看到巨大的红色"H"标志，这
就是城市中的综合医院。同样地，地图上的红色"H"标志代
表医院。但好像每个城市中的综合医院并不多，只有一两家。
在医院经常能看到救护车争分夺秒，在街道上急驰。随着警笛
声由远及近，所有车辆都会马上让开车道，车道内侧的车会闪

灯并靠左行驶，外侧的车会打紧急灯靠右行驶，人们就会这样迅速把救护车前方的车道让开。每每看到人们这些自发的举动，我都无比感动。这是文明的象征，是为生命让出的绿色通道。平时只要警车、消防车出现在马路上并开始鸣笛，路上的所有车辆会马上打开"双闪"，非常规矩地向马路两边减速行驶并停下车来，等待后方或前方的警车、消防车通过。所有这些规则，大家都自觉遵守。

公民需要根据家庭医生的安排进行阶段性或临时性的免费体检。体检机构并不多，均由政府批准设立，操作流程规范。体检项目并非任意选择的，需要听从家庭医生的安排。体检完成后可以在指定网站查询体检结果，医生和患者都能看到，不用担心会泄露个人信息，加拿大对个人隐私的保护也是非常严格的。然后，再由家庭医生与患者进行交流，医生会告知患者需要注意的问题。对于专项医学检查，如CT、核磁等，并不是任何时间想要检查就能马上检查的，有时需要等几个月。政府在医疗领域的投入虽然在不断增加，但显然还不能充分满足人们的需求，这里的医疗资源是严格按照轻重缓急有序配置、使用的，这也是西方医疗领域的一个原则。

练车考驾照

在北美，关于调整机动车保险金额的规定都是很严格的。通常人们不会将自己的车借给别人开，因为车辆的安全驾驶状况会影响未来的车辆保险金额，而借车人心里也会有某种压力。加拿大和美国允许司机持外国驾照开车上路，许可期为3个月。司机需提前准备好外国驾照的英文公证翻译件并随身携带。

获得加拿大驾照需要通过交通规则的考试。ICBC是加拿大的交通管理部门，而不是警察系统，有众多为公众服务的下属分支机构，交通考试由这个部门负责。考试非常严格，没有任何"通融"或"走关系"的可能。听说也有华人在路考时试图行贿，得到的是警告甚至处罚。驾照考试分几个级别，对于曾经在其他国家取得过驾照的人，要参加的是五级或七级测试，五级是初学，七级是直接考试和换本。

去加拿大的华人需要先请有资格进行驾照翻译的人将自己的中国驾照翻译成英文。翻译费是可以砍价的，翻译好后就可以报名参加交规考试。题目出自一本厚厚的交通规则书籍，考生在计算机上作答。不少人还是不太熟悉这里的法规，如符号、图形、速度要求等都与中国有较大的差别。机考成绩达到90分才能通过，如果没有通过，只能约时间重考。

不列颠哥伦比亚省（British Columbia，简称BC省）的路考地点有好几处，温西这一片多在温哥华市区33街至24街的区域。一些以教练营生的业务人员也会常常带学员到这里练车，陪练价格从每小时25加元到50加元不等，根据驾驶的车辆和服务要求而定。这里街巷众多，行人和车辆来往频繁，学校、居民楼、小区连成片，因此路况复杂。将路考地点设置在这里，就是为了考查考生面对现实中的复杂路况能否应对自如。路考时间约半小时，考官会不断地让考生做各种规定动作，如开到一些繁华路段或市中心，通常还会让考生经过几个特殊路口，这些路口有"单行"标志或者"禁左""禁右"的指示牌。路考考官用英语发布口令，但口令并不多，需要考生具备一定的英语听说能力和反应能力。关键是考生要认识路标并正确行驶，这才是硬道理。

如果这时是绿灯，司机想要左转行驶，则需要稍稍驶入路口等候，即使此处没有停车线也需要这样做，后面的车辆不能直接跟随前车进入路口，要等前车走后才能超过停车线。这个做法有一定的科学性，避免路口因车多形成拥堵。这里的车辆行驶速度很快，通过路口时只要是绿灯，司机就会提速。这与中国国内车辆到了路口必须减速的规定相反，国外讲究"路权"，而不是"慢行"原则。举一个例子，在国外只要是绿灯，就需要保持速度快速通过路口，在安全的前提下，提速是正确的，减速是错误的。而国内所有车辆在路口都要减速，互相礼让，这样做的弊端是在车辆多、行人多的路口很容易造成拥堵。

我也参加了温哥华的驾驶执照考试。我的路考考官是一位白人男子，考官想考察我的反应，在车辆快要到路口时，他突然说"左转"，我瞬间抬脚收油门，打转向灯，看前窗和反光镜，确认一切安全后便向左转，只是没有"Shoulder Check"（转头转肩观察周围车辆的动作），这是一个在国外开车必须做的动作，考官看我的动作没有做到位，就惦记着趁我不注意再考一次，而我却什么都不知道。正当我的精神逐渐放松时，考官冷不丁又来了一次。这次可好，车辆已进入路口考官才说"Turn Left"（左转），我刚想动，发现车辆已在路口中央，于是说了一声"Sorry"，直接直行通过了路口。后来想想，我这样做是对的，在这时踩刹车会给后车带来很大的危险。如果我紧急执行考官的口令，做动作急转，很可能就会"Fail"（考试失败）。这里的考官真不是好对付的！据说，在温哥华路考

班夫小镇中心的六角线路口。当红灯亮起时，所有路口的车辆都会停下来，行人可以遵照地面上的指示线前往任意方向。

六七次才通过的大有人在，我考一次就通过了，实属幸运。

在考取加拿大驾照的过程中，我对在国外开车的难度有了进一步的了解。记得练车时，我曾开车经过温哥华斯坦利公园旁的一座"狮桥"，其中有一个路段是信号灯变化车道，俗称"潮汐车道"。信号灯会根据双向车辆的多少频繁变化，随时可能把中间车道让出，供逆行的一方车辆使用。国外做得比较好的是路口的提示非常醒目，谁为主、谁让谁，都标得很清楚。很多大路的路口并没有交通灯，主道车辆拥有路权，允许司机通过路口时完全无须踩刹车减速，而支道车辆的司机必须等主道车辆全部开走，才能谨慎地通过路口，在通过时，后车也不能尾随前车。

国外车辆的行驶速度大多很快，车辆起步时"呼"的一声，飞快地从路边开到车道中间。高速路上有最低限速，开慢了反而有危险。司机普遍养成了良好的驾驶习惯，在路边停车时会将车轮向马路右侧转动一下再停车，这样做可以防止溜车。行车途中人们会礼让合规车辆，但如果违规，就会有路过的司机向你伸出小拇指，甚至还会打电话报警，过不了多久，你就会接到交警的电话……

也有对中国司机有利的方面，比如车道线画得清清楚楚，一般不用担心开到旁边的车道；行驶在马路上，只要直直地开

温哥华狮门大桥连接市区中心和北温，桥上有三条车行道，中间车道的信号灯会根据南北交通情况变化，这种信号灯变化车道称为"潮汐车道"。

就行，车道变更前会给司机一个比较长的过渡和多次提醒，让司机有充分的时间变换车道；还有就是加拿大的停车位一般都比较宽大，很好停车。

加拿大的交规也存在一定风险。因为车速普遍较快，一旦有一方车辆通过路口时违规，就会发生非常严重的交通事故。这里的交通规则强调路权，任何路口都明确标注路权属于哪个方向的车辆，有路权的一方就会开得非常快，而一旦双方中的某一方有过失，产生重大事故的概率会很高。至于超速罚款，经常是警察在警车里"猫"着，看似悠闲，其实他在用测速仪扫描前方行驶而过的车辆，发现超速才会行动。警察很少会对一串超速的车辆一一罚款，一般会盯住第一辆车抓现行，所以大家都知道不能当头车。只要警察鸣笛示警，司机就不要再开了，通过后视镜看到警灯闪烁，就必须赶紧踩刹车，靠边停车，把手放在方向盘上，等待警察过来问询。但开车超速也并不是总被拦下，要看警察的心情，有的警察只是偶尔罚一下。大多数司机还是畏惧警察的，宁愿规规矩矩地开车，也不愿被警察找麻烦。

买车与租车

　　温哥华的气候和环境非常宜居，从中国香港、中国台湾、日本及东南亚国家来这里生活的人很多。这里冬暖夏凉，只是冬季和春季的阴雨天比较多，难见到连续的晴天。马路上的车辆都很守规矩，看上去都是锃亮的新车，其实就是因为空气洁净，雨水中少有泥沙，车辆自然洁净如洗。在这里，很少有车辆被偷的情况发生，因为家家户户几乎都有私家车，买车和租车都很便宜。

　　买车和租车各有利弊，短期旅居以租车为宜。无论租车还是买车，车辆的外观、内饰以及发动机一般都不会有问题，这也是人们可以轻松做出买车或租车决策的原因。租车方便，性价比高，车辆发生一些小问题，租用人也不用操心，因为租车行也不太计较。年轻人会选择一种组合的租赁方式（Lease），就是通过与租车公司签订租赁协议，以租的形式来使用，当然也可以将车买下来。在签订租赁协议时需要约定期限，到期就可以重新做一次选择，续租或买下来。只要不是租赁豪车，一天的租金也就合十几加元。

这里的人都很会过日子，他们认为德系车贵、美国车费油，所以大多爱买小排量、低油耗的日系车。我要在加拿大住一段时间，就决定到车行看看车，至于买什么车还没有完全想好，既然是代步，买一辆二手车也是不错的选择。第一天，我去了列治文3号路边的一家美国Jeep专营店。店里的小伙子Julei也是中国人，二十多岁，特别想做成这单生意。在接下来的一周时间，他不断地给我推荐二手车，先推荐了Jeep，后来又推荐美国的克莱斯勒100，我试车后有些心动，想着都来北美了，还不得试试美国车，享受一下美国轿车内部宽大舒适的体验！这些车的车况不错，价格只要1.3万加元左右。接着，我又看上了一辆蓝色切诺基，我请朋友陪我一起试驾。后来我才知道，美国车便宜的原因是经济性不高，比如油耗多、损耗大、维修贵、配件少，等等，这些不利因素还是让我望而生畏。我们在这家车行商洽时没少喝咖啡，但最后还是没能成交。

之后我们又去了售车超市（Auto Mall），Honda（本田）、Toyota（丰田）、Acura（讴歌）、Kia（起亚）这些日系或韩系车也都看了，后来在温哥华的一家店里看中了一辆本田Civic（思域），价格也合适，合1.3万加元，但第二天销售不接我的电话，我就知道肯定是有人不还价就买走了。最后，我决定买一款白色起亚RIO（锐欧），已行驶4.1万千米，全自动，虽然车体小一点，但很实用，购车款是10350加元，加上599加元文件费和199加元整理费及20%的税，总共12350加元，最后店里还赠送了一箱油。

在这次购车过程中，我学到了不少车辆保险方面的知识。在温哥华，买车和上保险是分开的。车辆保险分三个部分，车辆普通保险是相对固定的，由ICBC垄断，没有什么差价，但人身保险就大有学问了。朋友说，这里的保险基数都高，第三者险一般要买到300万和500万。这个数额把我吓了一跳，我在电话里把这件事告诉孩子，他开玩笑说："我来你们这里碰瓷吧。"这里的医疗费用高，人们对生命的关注一点都不打折扣。保险费用的高低，取决于遇到事故时对方身价的高低，保险费高一点，保险系数就更高一些。据说，有"在中国拥有十年驾龄可以最高少交40%保费"的规定，但我只享受了5%的优惠，因为享受更高折扣的优惠要提交中国保险公司在保十年的证明，但是谁的车会连续在一家保险公司上十年的保险呢？加拿大车辆保险规定，在安全行驶一年后，下一年保费可以节省5%；如果有事故，则增加5%。除此之外，我还按照建议买了碰撞险（Collision）。

在温哥华，车辆上牌照很容易，保险公司的代表随身带来牌子，选一个就行。据说，用户可以随时终止自己的车辆保险，交回车辆牌照。如果想再开通旧牌照，只要交30加元手续费、18加元牌照费就可以了。这些选择总体是非常合理的，用户可以自主选择方案，所谓当天上牌其实就是当天把保险办理完成就可以上路了。在这中间还有一个插曲，店里没有能用中文介绍保险的人，我们就想自己选择保险公司，这个要求在中国是不行的，因为在中国买车是与保险机构捆绑的。在加拿大则可以自由选择保险公司，也明确知道推荐人有佣金。我们一说想要换保险公司，车行的人就有点不高兴了，但也没办法。于是，我们找到另一家提供中文服务的保险公司，办理完毕后，客户关系也就建立了。

在温哥华，家家户户的车就停在自家门口的路边，这是一块合法的停车区域，如果有监控视频，房东就更容易保全自己的合法利益，一旦有纠纷也能够分清责任。

总结在温哥华的买车经历还是有不小挑战的，因为后续手续和注意事项与中国不太一样。了解车辆状况颇费思量，先是要听销售人员介绍，再去看细节，还有一定要上路试驾，试驾时可以用耳朵听车辆发动机的声音，用手感知方向盘的轻重和灵活程度，用脚体会刹车和油门的状况。买二手车还要注意车

中的气味，有的车内香水味太重，熏得人头晕。还有一点要注
意，买二手车一定要买当地牌照的车，也就是温哥华地区的车。
因为加拿大地域辽阔，各地气候差异很大，寒冷程度不同，车
辆的使用环境不一样，车况良好程度也就不一样。温哥华地区
的车辆，主要用于上下班和休闲，开进大山深处和冰天雪地的
机会不是很多，车辆的状况通常比较好。ICBC是车辆登记单位，
会根据每辆新购车用户的要求出具本车的相关行驶事故报告。
同时，车行也会出具一份车辆历史检修报告，注明车胎和机油
保养等状况，让购车人有一个清楚的依据作为判断。在这里做
假是要负法律责任的，一般没有人敢随便改动行驶里程数，更
不敢出具虚假报告。

远行白石镇

说远行其实不准确，从温哥华市中心到白石镇也就40分钟车程，全程不到100千米，但这是我考取驾照后第一次开出城区。我在高速路上肆意驾驶，在与其他车辆前后飞驰的过程中熟悉了北美高速公路的实际路况，也感受到了心潮澎湃的驾驶感受。

选择南下白石镇作为我的第一个目的地，也是受我多年来一直想去白石镇的愿望所驱使。白石镇与美国海天相连，风景极美，光是看图片就觉得很漂亮。我曾经想过在那里安静地住一段时间，但朋友们说那里太静谧了，真住下来可能会感觉有些寂寞。

那天天气格外晴朗，是我来温哥华后最热的一天。可天气预报显示只有28℃，不时还有小风吹过，但紫外线强度很高，阳光好像可以直接穿透皮肤似的。接近中午，人们即使涂了防晒霜也会受不了，特别是在开车的时候，隔着玻璃都能感受到阳光照在手臂上的灼热感。不过，这里的人还就爱晒日光浴呢！

西敏高速公路（Westminster Highway）向东，穿过4号公路，见99号公路一路向南，在还没有进入美国边境处，就是知名的白石镇。我们把从中国带来的行车记录仪调整好，将录像模式开启就出发了。看着道路两旁飞速向后的绿色大地，后视镜里快速退去的是道路两旁的交通标志，向着前方深处的蓝天白云飞驶。我在出发前做足了功课——记下了行车路线、高速公路出口的号码，连通往目的地的小路、附近的停车场、公园的进出口位置都弄得明明白白。

驱车从99号公路到"8A"出口，继续南下就可以穿过白石镇的中心区域。小镇面积不大，是典型的海边小城。2005年时好像花100万元人民币左右就可以在这里买一栋别墅，当时我还感叹这里的房价不高。十年过去了，这里已经不是原来的白石镇。除了环境没有太大变化外，人口大增，房价也翻了两番，居民们抱怨都是来这里居住的各国移民把房价抬上去的。我们在一个离海边不远的停车场停好车，沿着大下坡路走向海边，远处湛蓝色的大海让人心旷神怡，点缀在小路两旁的花园别墅漂亮别致，各家在小楼前后种满绿植和鲜花，红绿交错，真是好看。转了几个弯后，越来越接近大海。我们沿着下坡小道，从小镇人家的房屋间隙穿过，石头台阶被修理得美观整洁，街道非常干净，路面的石子在太阳的照射下耀眼夺目。

越接近海边，我们越关心那块"白色石头"在什么地方。突然，太太用手一指："看那里!"顺着手指方向望去，就能看到那座收获无数赞美、400多米长的栈桥和那块地标性的"白色石头"。此时我们向四周环视，不禁发出"哇"的赞叹，心胸顿时豁然开朗。远处美国境内的朦胧山峦，映照出山峰顶端的皑皑白雪；低处是蓝色大海漂荡起的白色浪涌，涛声轰响，卷起层层涟漪；仰视洁净如洗的蓝天，那里有不断向上托出的、立体般的白色云朵。这一切合成了一幅绝美的海天画作，震撼地推送给来这里欣赏美景的客人。

白石镇海边的这座栈桥已经有一百年以上的历史了，是著名的网红打卡拍照地点。20世纪初，早在西雅图与加拿大之间还没有修建铁路之前，这个地方就已经有了民间修建的码头。后来，政府通过了修建一个永久码头的方案，于是开始修建栈桥。很快，这座只有400多人的小镇便成了交通便捷、街景繁华的乐园。火车站于1914年完工，带动了这里的建筑修缮，吸引更多游人驻足。栈桥边耸立着一块巨大的"白色石头"，是冰河时期的沉积物，有几十吨重，长宽都有近10米，高度也有

美国和加拿大边境的白石镇的海边，有一块巨大的白色石头，与不远处的
栈桥交相呼应，构成白石镇的著名风景。

五六米，呈不规则的小山形状。据说，游人们总是喜欢在这块洁白的石头上涂涂写写，管理者就干脆经常把它刷白，这样就成了"永远洁白的白色石头"，白石镇的典故就出自这段故事。

白石镇并不大，游人如织，集中在栈桥这片游览区域，海边公路不断输送来往的美国和加拿大游客。人们来到这里下海玩耍，有人抓螃蟹，有人摸鱼，更多的人带着孩子来海里游泳。我的相机记录了热闹的海边盛景：人们光着膀子晒太阳，孩子和大人在嬉戏玩水，美女穿着漂亮的泳衣展示身材，男人在日光下大秀肌肉。"咣当咣当……"一列列满载货物的火车慢悠悠地沿着老旧铁轨开了过来，吸引人们赶紧跑过去拍照，这是加拿大通往美国西雅图的货运列车。说它满载一点不夸张，好像有数不完的火车车厢，集装箱里什么都有，木材、油罐、杂物……火车车厢的表面被涂得花花绿绿，看不出清晰的图案，几乎都是涂鸦，仿佛就是要让人们记住那些多年前的陈旧往事。近处是小镇的秀丽风光，庭院楼阁、花鸟林石，让人流连忘返。

离开海边，我们还要去小镇上的一个精致的博物馆参观。我们在展馆外看着通向远方的铁轨和一个等车老人的雕像。火车站门口的地面上，是一幅用铜皮镶铸的火车向前行驶的图案，上面写着一个个人名，可能是当年建设铁路的人，可能是小镇上有点名气的人，也可能是捐助过小镇的富商。对于这些人名，我们都不会再去考证，只需清醒地意识到：历史曾在此处停留，让经过这里的后人找到曾经的"青年"和"光阴"，不要忘却为这里奉献了青春的英雄们。

白石镇距离通往美加边境的"和平门"很近，过了这个陆路边境关卡就进入了美国国境。与白石镇隔海相望的是美国的乔治湾，再深入内陆便是西雅图。这里的陆路和海路都与美国相通，美国生活物品的价格比加拿大便宜不少，尤其是汽油、食品，但如果买的东西过多，过境时还要付税。美国边境那边的人少，去附近商场买东西的美国人更少。加拿大境内的人去美国消费一下是很开心的，他们开着车入境美国，加满一箱汽油，顺便在超市多买一些日用品，装在车上带回加拿大，当天去当天回，来回一趟省下几十加元不成问题。但关于免税额的规定是，在美国逗留的第一天有100美元的免税额，第二天为300美元，再长时间也不能超过500美元。记忆中有一次我过加美边境，那天天气阴冷，边境处加拿大和美国国旗双双飘扬，车辆排队过境，一辆跟着一辆。边境这边是加拿大警察，几米之外就是美国警察，管辖各自的入境关卡。这两个国家是小弟弟和大哥哥的关系，加拿大人一点也不在意这样评论两国的关系。的确，美国部队可以随时通过加拿大国境，加拿大没有自己的独立武装部队，皇家警察只负责保护加拿大国内的治安，抵御战争或其他外部力量袭击加拿大，只能靠美国出兵。这不仅是一种默契，也是写进两国法律文书的内容。而对于生活在这三面环海的白石镇的人们来说，只要意识到这里是接壤的两个国家就可以了。

储蓄和信用

　　加拿大人消费时习惯使用信用卡，与信用关联度紧密的日常消费记录和还款情况都会引起高度重视，如果有金融违约记录，会波及日常生活的点点滴滴。平时人们也会随身带点现金，一些有折扣的加油站或远离市中心的个人商铺只收现金，这种做法好像不属于霸王条款。

　　加拿大境内主要的银行有 RBC Bank（皇家银行）、CIBC Bank（帝国商业银行）、TD Bank（多伦多信用银行）、BMO Bank（蒙特利尔银行）、Scotia Bank（苏格兰银行）、HSBC Bank（汇丰银行），前三家银行的网点更多、规模更大，但城市里的网点分布不均匀，基本集中在繁华的商业区。我在温哥华住下之后，办理完通信和手机业务就必须到银行柜台申请相关业务，因为生活中的各种支出以及保险、医疗等与政府部门对接的环节，都是通过银行连接的。当你在商店消费时，服务生总会问支付方式，在中国问的是"支付宝还是微信"，加拿大的服务生会问"Debt card or credit card"（储蓄卡还是信用卡）。在国外，几乎所有消费场所都可以刷卡，人们用习惯了，就连几分钱也会刷卡。

国外银行卡免年费的不多，但如果存入一定数额且保持不变，还是可以免年费的。俗话讲"背着抱着一样沉"，这种免年费的方式是因为存入银行的大额资金的存款利率很低，而存在银行的这笔钱银行可以使用，由此抵消储户的年费也就在情理之中了。TD Bank规定：存入5000加元并承诺不取出，银行就不收取日常每笔业务的服务费用。华人似乎习惯了这种存款模式，心甘情愿地把5000加元存入银行，几年都不取用。加拿大银行的活期存款利率一般都很低，活期年利率是0.05%，低到几乎可以忽略。银行吸引储户的办法很多，我就遇到TD Bank和CIBC Bank搞促销活动，给在银行新开户的客户赠送一个iPad或一台40寸的彩色电视机。这也从侧面说明，这个城市的新增人口并不多，银行之间就是在相对固定的客户群中拉客户，相互竞争。有些人会为了赠品把存在这家银行的钱取出来，拿到另一家银行去开户。

信用卡业务的竞争也很激烈。银行推出了各种办理信用卡的优惠活动：只要客户开卡并满足一定的条件，比如每月在两个不同的支付渠道用款、还款，交水电费、电话费，定期支付保险或者每月固定发生付款，以及信用卡还款等，连续三个月满足条件后，也会赠送客户一个类似电视机的电子产品。开出这些条件的目的就是锁定客户的固定日常支出，使其成为信用卡的忠实用户。客户可以通过拨打信用卡中心的电话开卡，并且可以要求银行提供中文服务。我记得2016年时，CIBC Bank信用卡部的中文服务生很少，如果客户执意要求对方说中文，接线员会找会说中文的工作人员来与客户交流，有时接线员也会告诉客户今天中文翻译员不在，并表示抱歉。

在国外我能够感受到坚持储蓄的西方人并不多，社会中各个工种的工资差异不大。他们习惯发了薪水就花，存款不多、贷款不少。全社会都非常注重个人信用，买房买车或者大额支付时，只要有工作，都能申请到贷款。一套几十万加元的房子，首付只要几万加元，工作一两年就可以买得起房子，后期要缴的月供也不是很高。如果工作十年以上，选择全款买房或者按月还款都没有什么问题。此外，每个人的个人信用是有明显差别的，当你购买保险、房产、汽车等，需要享受优惠折扣的时候，商家都可以在银行系统的网站中查询到你的信用记录，根据记录的不同，优惠力度也有所不同。以上这些都说明西方人的消费习惯与华人不太一样，他们似乎对大额支付并没有太多顾虑，很少有人会通过长期储蓄的方式抵御未来不可预见的风险。

为适应当地华人的金融服务需要,加拿大各家银行会专门设置中文服务并配备小型洽谈室。这里的服务很好,客户可以拨打24小时电话获知服务专员的状态,即使专员离开办公室,客户也可以知道他的动向和作息时间,就连休假时间也不在保密范围内。总之,只要客户想找到服务专员,就一定能够迅速联系上。这些会说中文的服务专员专业水平高,热情、负责、敬业。

加拿大的银行账户分为储蓄账户、支票账户、联名账户等。刚去加拿大的中国人,通常会将这里的储蓄账户理解为中国的一般账户,认为储蓄账户里的钱是可以随时支取的。其实恰恰相反,在加拿大储蓄账户中的钱是不能随时支取的,支持随时支取的是支票账户,消费、还款都是从支票账户走账。联名账户是在用户的许可下,两人或多人一起使用的账户,譬如你和伴侣的账户就可以办理成联名账户,双方都可以使用账户里的资金。

我在上文提到的几家银行都办理过业务,印象比较深的还是各家银行的投资理财业务各有特点。负责办理普通存取款业务的工作人员从来不会向客户推荐理财产品,更不会介绍产业和股权投资等方面的社会产品。投资项目范围和监管的复杂性太强,银行的业务代表是没有能力向客户做具体推荐的,更何况怎么证明业务代表和被推荐项目之间没有利益关系呢？风险连带责任又是什么？我看到这里的理财经理有专门的办公地点和客户，他们的客户是与一般储蓄客户分开管理的。理财经理会结合自己的专业投资能力，仅仅介绍金融产品的组合和不同币种、不同期限的纯货币投资产品，这些产品链很丰富，低、中、高风险产品都有，是全球范围的金融产品。

加拿大各家银行的手机客户端（APP）也很普遍，APP用起来很方便。但比起中国各家银行的APP，内容上显得比较单一，没有更多的社会消费内容。客户端里更没有各种需要外链的福利和商家优惠宣传，干干净净，都是账户情况。银行与客户多以电子邮件作为主要的联络方式，客户也可以要求寄送纸制的对账流水单。政府退税或者发放福利的方式是现金支票，通过邮局寄送到居民的家中。居民需要拿着现金支票亲自前往银行办理存款业务，别人拿走你的支票也没有用，即使盗用你的签名，也没办法存进他的账户。政府每年都会将一些退税或补助给到居民，哪怕是几块钱，也会以邮寄现金支票的形式寄到居民家中。

四季皆美景

在靠近温哥华市中心的基斯兰奴海滩，有一块放在海边的巨大石头，上面刻有一篇散文，是作家 Regan D. Andrade 在1999年12月的一个冬日写的，虽然石头上的名字已模糊不清，但整齐的文字细小而清晰可见。文中写道："温哥华因其雨水著名，连续几周的雨没完没了，这通常不会影响我的心情，但有时也会让我抓狂……有密集如注的雨，有悄声耳语的雨，有引你入睡的雨，有唱着歌把你唤醒的雨，有落在树叶上轻柔的雨、狂飙的雨、飘忽的雨，还有像蝴蝶翅膀一样扇动、在脸颊上留下轻吻的雨。雨给了我们灰蒙蒙的色调，也让我们被青翠环绕。"

这一"雨景"，是游人在海滩漫步时常常看到的，使人印象深刻。记忆中我第一次遇见这场雨，是初夏时分来到这个成片的海滩之时。夏日的阳光下，我浅浅地体会到这篇散文对雨的赞叹。直到冬天来临，我才对温哥华连绵不断的雨有了极致的理解。如果没有亲历温哥华的冬天，是没有办法体会这篇散文的深切意境的。雨的魅力和烦恼，是随着温哥华的冬季一起到来的。温哥华漫长的冬天从11月一直持续到来年4月。冬令时开始后，天黑得早，白天越来越短，下午3点后太阳就像是要匆匆落下，加上阴雨不断，户外能看到的行人很少。这里的冬天并不会很冷，只要外出稍稍走动，全身便会暖和起来。人们的穿着并不厚重，冲锋衣是街头最常见的服饰。温哥华冬日的日间温度在0℃以上，很少会有冻寒之感。偶尔阳光灿烂的时候，户外反而会有冰冷的感觉，因为晴朗是和刮风连接在一起的。阳光下，风儿会吹来一丝寒意，而绵绵冬雨中的温湿却让人不觉太冷，反而多了几分温情。总之，这座城市冬日里的阳光普照，与北美其他很多城市还是有很大差别的。

"雨哥华"——很多人愿意在冬天如此称呼温哥华。细雨让人们感到阴雨天实在难熬，从白天下到晚上。如果你是初来此地的游客，往往会因影响出行的绵绵细雨而干着急，直到你认为雨中外出是再正常不过的日程安排时，才算是真正融入了这里。这也是北美本土作家总是在他们的作品中用冬雨来润色此地的原因吧！

春天来得迟，也很短暂，大约要到5月才开始感觉到丝丝春意。直到这个时候，天空中的雪花才会真正停止飘落，虽然绿意开始蔓延，但花儿还没有盛开。春日早晚的气候舒适，天空绽放出蓝色，飘出大朵大朵的白云——温哥华天空的"标配"就是白云朵朵。阳光照在身上，暖洋洋的，风儿把白云从你的头上吹过，云朵走得很快，抬头看去，翻卷的白云好像离你并不遥远。

北温后面有几座山脉，到了5月中旬依然能够看到山顶还被雪包裹着。温哥华坐北朝南，城市格局是正北正南的，北高南低，正好让南边的人们向北观赏风景。放眼望去，北边仿佛是一个舞台，前低后高，近处是平原，远处是山脉。假如驾车从东向西，侧看窗外的风景，一排山脉由西向东延伸，绵延中几座山峰上的银雪和绿树交相辉映，好一派一望无际的山峦秀色。清新的空气潜入车窗，让氧气、微风和着阳光，在你的身上轻拂，那种感觉特别美妙。城市中心区域有3条横跨东西、几乎平行的大道穿城而过，分别是Hastings Road（黑斯廷斯路）、Marine Dr.（夹滨海道）和Westminster HWY（西敏高速公路）。一路向东通往威斯特敏斯特和高贵林市（Coquitlam），而从北到南的城市功能分布为：北边是海边连着山区，中间是人口密集的繁华商区和住宅，南侧是广阔的种植田园。春夏秋冬，人们每每驱车东西穿行，就会被车窗外四季不同的美丽景色所吸引。

到了春意盎然的时候已是6月初，7月便是盛夏时节。夏天几乎全是阳光明媚的日子，气候宜人，气温也就20℃左右，早晚很是清凉，午后户外才有点盛夏的感觉。6月下旬，白天还常是十三四摄氏度，早晚还有冷的感觉，只穿一件长袖衣服还不行，晚间要加一件薄外衣，女士可以搭上薄披肩，夜里需要盖上薄被。温哥华是公认的绝佳避暑胜地，夏天日照时间长，到了晚上9点之后，天色才会慢慢黑下来。但夏日里的雷雨很多，闪电和雷声一旦来临，听起来就是隆隆轰响，这个时节山区会有突如其来的暴雨，常会引发山洪和滑坡，很是危险。来此登山攀岩、徒步远行的户外运动爱好者需要防备意外发生。

温哥华的夏季有一个比较特别的现象——一有雷雨便会经常停电。广播不停播出提醒，告知市民正在抢修的路段和区域。城市中的电力设施和公共设备都很老旧，对极端气候的抵御能力低，大风中电线杆会突然倒下，行人要时刻做好防备，也要提防触电。这种天气下，人们就早早下班，开车回家，躲进屋内，看着外面的电闪雷鸣。此时天空也会暗得如同黑夜，再看看钟表，其实才下午3点多。等到雨过天晴，望向窗外，除了看到一地落叶，还能看到树干上挂着电线，也是一道别样的风景。在这个城市的居民已经习惯了落后的市政设施给他们带来的不便，例如在加拿大稍微偏远一点的地方，手机就会没有

4G/5G信号，只能用2G/3G信号，人们似乎早就习以为常，不会有什么怨言。这些老旧、薄弱的基础设施丝毫没有减弱温哥华夏日的迷人和美丽，世界各地的游人都会在这个季节来此享受假日的快乐。

金秋则是温哥华最美的季节。如果你迷恋火红的枫叶，那就一定要在9月到10月初来温哥华，届时到处是红叶和枫叶茂盛夺目的景象。温哥华的元宝红枫红得透亮，直到枫叶被风吹落地，仍然是锈红透彻。阳光照射，层林尽染。Terra Nova National Park（特拉诺瓦公园）、Spulukwuks Elementary School（斯普鲁克小学）、Vancouver West（西温）、Queen Elizabeth Park（伊利沙伯王后公园），这些地方都是拍摄枫叶的绝佳地点。随便按下快门，照片中的红色枫叶就非常漂亮。温哥华的金秋真是名不虚传！这时的天特别蓝，用湛蓝形容都觉得不过瘾，蓝得通透且深邃；天空中一丝云彩都没有，蓝天显得很远很高。在此般美景中拍照，有大片大片的元宝红枫做陪衬，一定会让没有亲历这个真实场景的人为之震撼。而秋寒从10月就开始了，风凉了，叶落了，露水使清晨的路面开始湿润，人们自觉地穿上保暖外套，准备迎接深秋的来临。

对冰雪爱好者来说，温哥华还是冰雪运动的天堂。冷热气流在特殊地形和气候的作用下，使这里的冬季形成多雪的特色，气温不低，积雪又厚又柔，恰恰是滑雪者们最为喜欢的。他们不用身着厚厚的棉服，取而代之的是轻薄且鲜艳、漂亮的服装。滑雪者们在洁白天地中驰骋飞跃，尽情享受冰雪运动的乐趣，这一切还要归功于温哥华得天独厚的气候条件：北面的加里波第山（Mount Garibaldi）阻挡了南下的气流，而东太平洋洋流回旋，使这里形成干燥的季风气候，四季气温柔和，临海而不潮湿。独特的自然气候使这个本来就丰饶的土地更加宜人舒适，温柔的阳光与充沛的雨水赋予了这座城市举世无双的四季美景。

休闲的城市与国度

　　这两天市政在修地下水管，我就把车停到了院子里。房东的儿子还没成家，二十八九岁，热情能干，平日经营着几家与工程相关的公司，有时会在院子里打理一下花草绿植。小院被装点得整洁漂亮，种了无花果树，新近又翻新了草坪，新种了一些低矮的花木，小花园边上插着小红旗，这样可以防止鸟儿吃掉果实和花蕊。在这样的环境里居住，虽然租金高一点点，但很舒适，我和夫人很乐意在这里小住。

　　温哥华的气候也很适合东方人，不潮湿也不干燥，特别是列治文市的新机场修建起来后，有更多的人喜欢在这里居住了。这里的交通和生活都很方便，虽然总传说会地震海啸，但毕竟只是说说而已。现在还是冬春之交，小雨真是非常多，一周有两个完整的艳阳天都很难得，要么是晴一会儿雨一会儿，要么就是一直阴天。下毛毛雨时，路上的行人几乎不用雨具，穿一件可以防水的外套就行了，成为街头的一种时尚。当阳光一出来，人们就奔出家门去晒太阳，珍惜这个好时光，享受晴天。

温哥华满大街都是带孩子的人。在海滩和公园，有很多大人或怀中拥着抱着，或手上牵着拉着婴儿、孩童。这里不仅是女人抚育孩子的天堂，也是男人带孩子到处玩耍的乐园，如果用一幅经典的城市风景画来勾勒的话，背景是蓝天、白云、大海，前景是女人与男人抱着婴儿，中景是大人们身旁的手推车里坐着的小孩子，远景是孩子们在沙滩上玩耍嬉闹。每当你走在市区、商场、街道、公园、海边，目之所及都是带孩子的人们。大老爷们在街上独自空手走着，似乎总觉得缺少点什么，还是带着孩子更为协调。

这里的幼儿园、小学和中学很多，教育质量也很好。除了孩子多之外，城市里的老人也非常多，温哥华也是一个适宜养老的城市。无论平时还是周末，都能看到很多白发老人在海边的靠椅上坐着，老人们就这样安静地与时光为伴，他们一坐就是大半天，生活追求就是简单地面对大海看风景。到了周末，海边的老人就更多了。我就看到一位八十多岁的老太太在护理人员的陪同下从停车场下车，缓缓走来，然后静静地坐在长椅上，面向海滩，久久无声地看着前方，优雅而安详。背影淡淡地显出老人的平静暮年，老人仿佛在想什么，又好似只是在享受阳光和空气，也可能此时她眼中的画面是自己的青葱岁月，或是在回忆旧日往事。帆船在动，游艇也在动；云在动，水也在动；风在动，心也在动；一切都在悄悄地动着。

曾经有人说过，温哥华房价高的原因是全世界的富人都想在这里买一幢房子，就算只是每年来这里度假数日，也会想要拥有一套属于自己的公寓。因为这里离开市中心就处处透着休闲的气息，人们在这里享受阳光、养身休憩，美丽的环境和怡人的风光让人流连忘返。人与环境很是和谐，老人、婴儿，男人、女人，乃至小动物都能和谐相处，大家都有一个共同期待——文明、友好。对于想找到闲适之感的人们，在温哥华一定可以得到满足，不论是风景如画的城市公园和风轻叶静的郊外，还是游人如织的海边，甚至是群山环绕的山脚，都是人们可以放松身心、驻足悠闲的好地方。从东到西、纵南贯北，只要车停下来，就有风景。

我曾开车向北温的东北角漫行，沿着海湾就到了"Deep Cove"景区，中文译名为"深湾"，到了才知道这里竟是如此的美。那是个周末，天公作美，远近之处都是清清亮亮的，豪华游艇与舢板在深蓝色的海面上漂着，海边的游人不是特别多。这里是有点偏僻的景区，开车再向前就进入深山了，"NO EXIT"（不通）标志随处可见，开着开着就需要掉头往回走。只要到周末，加拿大人就会与家人一起约上朋友外出野餐。

以前自己在中国时确实觉得令人费解，外国人怎么这么喜欢"Picnic"（野餐），出国后与朋友交流才知道，原来人家的假期很充裕，游玩内容也非常单一，除了享受空气和自然风光，最爱的就是"BBQ"（烧烤），全家人一起野餐就是度假的常见项目。大人们席地而坐，孩子们在草坪上自由嬉闹，荡秋千、玩滑梯，在海滩上疯跑，而家长就负责做吃的，孩子们玩一会儿就会跑过来吃一些，冷的热的都无所谓，大家玩够了就开车回家。有趣的是，孩子们在水里玩根本就不脱鞋，也不脱衣服，大人也不会阻碍或担心，都认为是稀松平常的事。

整个加拿大都可以被称为休闲的国度，这里非常适合读书和研究学问。这个人口不到4000万、建国仅有150年的国家，诺贝尔奖得主的数量却排在全球第八位。1921年，多伦多外科医生班廷（Frederick Banting）发现了胰岛素，随后他与当时在多伦多大学任教的苏格兰生理学家麦克劳德（John Macleod）等人合作，成功提取胰岛素并用于临床治疗。到2020年10月，来自阿尔伯塔大学的病毒学家Michael Houghton和3位科学家被授予诺贝尔生理学或医学奖，已经有20多位诺奖得主来自加拿大，而且囊括了诺贝尔奖6个领域（物理、化学、文学、生理学或医学、和平、经济学）的奖项。这些学术研究和创新成就也是加拿大能在全球教育品质国家排名名列前茅的原因，麦吉尔大学、多伦多大学、英属哥伦比亚大学、麦克马斯特大学、西蒙菲莎大学等学府都培养出了很多世界顶尖的学者和专家。

与城市居住区休闲安静的氛围形成鲜明反差的，是商务区的人流穿梭与交通繁忙。路口的交通信号灯一旦变绿，人们便马上疾步如飞，节奏飞快；衣着时尚的白领们在高楼林立的写字楼之间奔波、忙碌着；宽敞的公路上车水马龙、川流不息，尤其是道路上的车辆行驶速度很快，似乎这样就能省下很多时间。

这个休闲的国度丝毫不缺你想寻找的那种活力和年轻元素。静与动、缓与快，看似是生活在城市里的人们很多年来慢慢形成的风格，是市民生活节奏的不同特点，其实也是现实中不可或缺的组合。静与动、缓与快的界限都是相对的、变化着的，而不变的是时钟在不紧不慢地转动着。

蓝莓季节

　　加拿大幅员辽阔，属温润大陆性气候，日照充足。超市里的水果个大肉厚，香气四溢，加上品种非常丰富，价格便非常实惠。人们似乎以为这些水果都是本地产的，其实不然，在加拿大能买到的大多数水果都是从国外进口的。加拿大的水果进口地有很多，近有美国，远有澳大利亚、亚洲和欧洲。加拿大出产的水果很少，主要是车厘子、葡萄、水蜜桃、苹果，以及红莓、蓝莓、蔓越莓、草莓等各种莓果。原因是加拿大气候严寒，适合种植水果的地方并不是很多。

　　在不多的本土水果品种中，加拿大以盛产蓝莓出名。蓝莓具有较高的保健价值，营养丰富，含有果胶、维生素A、维生素C、钾元素，以及现代人非常关注的花青素。花青素属于生物类黄酮物质，最主要的生理活性功能是自由基清除能力和抗氧化能力。因此，摄入花青素可以保护视力，缓解老年性记忆衰退，延缓人体的衰老进程。除此之外，花青素还有预防心血管疾病、扩张血管、增强心脏功能、调节血糖水平、降低血压、增强免疫力等功效。另外，蓝莓中还含有大量膳食纤维，摄入一定量的膳食纤维能够促进肠道蠕动，有防止便秘的功效。这些年，蓝莓也越来越多地出现在中国水果店的货架上，一开始价格就很贵，到现在一斤也要几十元。而且，中国种植的蓝莓在口感、甜度和滋味上与北美种植的蓝莓还是有一定的差距，可能还是因为日照没有北美那么充足。加拿大阳光直射的炽烈程度，只有亲自在阳光下站一会儿才能体会到，虽然并不是烧灼感，空气中似乎还有微微的凉风，但皮肤的刺痛感还是非常强烈的。而蓝莓喜阳，便会受益于阳光直射而茁壮成长。

　　6月左右，是加拿大当地蓝莓收获的旺季，家家户户都会在这个季节吃不少蓝莓。人们随便开车前往一个郊外的农庄，下车就能看到路边有卖蓝莓的商贩。摊主搭个简易的棚架，身后就是一大片蓝莓园。如果说温哥华周边是蓝莓的家园，一点也不夸张。过去，人们种植蓝莓或为自己食用，或供给酿酒坊。后来，消费市场越来越大。如今，已经有人专门承包大片土地用来规模化种植蓝莓，蓝莓产量也与日俱增。现在，这些种植园主既销售蓝莓，也让人们去自己的果园采摘。一大清早，种植园主先把个儿大的蓝莓采摘一遍，等太阳升起，就让前来采摘的人进园。这些采摘人也不指望蓝莓的个头有多大，或者数量有多多，他们图的是蓝莓的新鲜和亲自采摘的乐趣。虽然没有明文规定，但采摘人都很自觉，不会边摘边吃，多吃多占总会不好意思，即使吃也只是吃几个尝尝鲜而已。

那天中午过后，我和夫人驱车来到前几天路过时看到的一个采摘、销售蓝莓的园子，这个园子也是前店后场。我们停下车，先是了解价格行情，再看看这里卖的蓝莓个头大不大，心想如果园子里蓝莓的品质不理想，就直接在柜台买一些带回去。庄园管理员给了我们两个食品塑料袋，我们就进了蓝莓园。进去后才发现这里的日照非常强，我们也没带什么能遮阳的东西，心想要是有顶帽子就好了，又想还是别偷懒了，好好摘吧。一开始，我们想摘个头大一点的蓝莓，就低头在树丛中钻来钻去，结果个头大的蓝莓所剩无几，偶尔发现几个特别大的，就会一阵欣喜……半小时过去了，手上的小塑料袋还没有装多少，心想如果工人用我们这样的摘法，摘一天都无法完成任务，我们要加快速度了。可想快一点也不容易，我们过一会儿就觉得腰酸背痛，因为一棵树上能摘的蓝莓不多，只能弯腰低头，不断地在树枝间转身、在田垄地块间穿梭。农场管理者根本不会干涉，想怎么摘就怎么摘，反正摘不了多少就会累得够呛。

蓝莓树大多不高，一般树身有1米多高，属于灌木科类。叶片一般只有二三十厘米长、5—8厘米宽，藤蔓枝延，绿叶掩映着一串串的蓝莓。还未成熟的蓝莓是深绿色的，日照充足的蓝莓会在成熟后很快变成紫色。一颗蓝莓的直径也就1厘米，特别小巧可爱。小小的、紫色的果实，簇拥成一串挂在枝头。只是感觉我们采摘的蓝莓比商店的要小一些，但口感面面的，柔润感十足，外皮像是有一层薄薄的霜似的，这是日照充足的表现。我尝了一下，没有商场卖的蓝莓那么甜，看来商场卖得贵也是有道理的，那是经过精心挑选后才上架的。尽管有些累了，但我们还想再坚持一下，多摘一些送给朋友，让他们尝尝我们的"战利品"，看看究竟和商场卖的有什么不同。

两小时很快就过去了，我们直起腰，拎起装着大半袋蓝莓的塑料袋走出来。称重、付款，每磅1.5加元，合人民币也就每斤不到10元，确实便宜。如果嫌自己采摘的蓝莓太小，也可以买店员摘好放在柜台上的，还会用盒子包装好，个头大、品质比自己摘的好一些。我比较了一下，自己摘的蓝莓还是太小了，心里多少有点怀疑：他们卖的蓝莓可能不是这个园子里生长的吧？最后，我还是决定再买些个头大一点的蓝莓，每磅2加元，我们又买了一大盒。

蓝莓是加拿大的特产之一，这个时节来这里，正好有机会好好品尝加拿大各地盛产的新鲜蓝莓，非常应季。买的蓝莓比我们自己采摘的质量好多了，甘甜滋润，甜中带有厚重的果肉质感。说实在的，国外农作物的种植环境都很环保，吃起来既饱了口福，也很放心。

　　初夏，人们驾车在温哥华的郊外行驶，除了成片的蓝莓园，还能看到远处一大片一大片的红色田野，在阳光下格外耀眼，那就是著名的加拿大蔓越莓产地。蔓越莓与蓝莓是两种不同的果实，从颜色就能看出不同。蔓越莓多被制成果干，味道非常好，装袋后便于保存；也可以放到粥、牛奶、酸奶里，或者搭配主食食用，营养丰富；很多人还把蔓越莓用于凉拌色拉中，它是调色、调味的佳品。由于果实个头小，蔓越莓生长在低矮密实的枝蔓上，难以手工采摘，果农们便采用水收法，将种植蔓越莓的地里灌满水，用机器打落果实，让其漂浮在水面上，然后再将果实围拢、收集。最美的还是在远处遥望这片田野——丰收时节，远远望去，蔓越莓田野就像一幅红色的帷幕，一块块蔓越莓田野组成红色的格子，格子中间是道路，如果恰好有飞驰而过的汽车，视线中的汽车仿佛是从红色的帷幕中划过，车门就像被染红的两翼，如翩翩的蝴蝶翅膀一般，在风的吹拂中不断舞动。

渔人码头

"渔人码头"，这个名字是住在温哥华的人起的，它位于史提夫斯顿小镇（Steveston），其实就是一个平常的码头。平时，这里是游客观光旅游的景点，每逢周六上午，渔船会在这里停泊，打鱼人会自发地在渔船上摆摊、叫卖，逐渐形成了海鲜市场，本地人和游客都会来这里，就像赶集似的，很是热闹。

这个地方在温哥华非常知名，这个自由市场究竟是什么时候形成的已不得而知，老人们说有近一百年历史了。这里的海鲜物美价廉，有红石斑鱼、大黄鱼、三文鱼和白虾等各种海产美味。卖家操着口音不同但流利十足的英语吆喝，"Ten dollars one pound"（一磅10元），"Eight for all"（给8元，这些都拿走）。有些海产品可以在现场直接吃，可见其新鲜和干净程度。我们还看到肥大的螃蟹和龙虾，这些长着粗大蟹腿的螃蟹和好几磅重的龙虾真是让人垂涎欲滴。

18世纪，北美西部先被欧洲探险家发现。当时，探险家还以为北美西部已经是世界的另一端。当哥伦布探险获得欧洲人认可后，人们才开始接受"地球是圆的"这个理念。那个时候，大多数人还坚信"地球是方的""到达地球最远的一端，便到达了世界的尽头"。直到欧洲人从北美东部登陆，与西部的人会合，人们才真正从实践中认可了"地球是环绕的"这一概念，而温哥华就是最早的太平洋东岸的一个滩头阵地。我记得在UBC大学的西海岸就矗立着一座纪念碑，上面记载着欧洲人到达温哥华后对这里的描述。那是一位将军的描述，他当时认为温哥华就是世界的最远端了。所谓历史上的发现新大陆的过程，即从非洲南端好望角向东经太平洋实现人类登陆美洲大陆的新征途，至于欧洲人在北美西部淘金、挖金的历史，也都是在此之后才有的。温哥华这块土地，确实是探险家们发现的世界上最为肥沃的土地之一，比欧洲大陆更广阔，自然资源也更富足。

到了19世纪，史提夫斯顿小镇就是货运码头了。从太平洋海运过来的货物会在这个码头交换。这里属于浅水湾，后来海关人员将海运物品分类，分配到温哥华的不同港口，渐渐地，这里就只有本地渔船进出了。

我参观过这里历史悠久的英联邦船坞历史博物馆，博物馆中主要记录着造船和修船方面的内容。其中的一些图片和文字

特别记载了19世纪后半叶起中国苦力在这里的打工生活。文字
描述详细、直白，记叙了中国劳工早起晚归、如奴隶般的日子。
图片中能够看到举着皮鞭的监工和军警站在一旁，劳工都是皮
包骨般的身躯，可见码头的劳工岁月很是困苦。旧物中还能看
到破旧的床板和简陋的生活物品，一张张令游人震撼的发黄照
片，述说着现代文明就是在如此残酷的基础上建立起来的。海
洋文明的扩张，在新发现的大陆上重建制度，就是对过去本土
原住民生活方式的剥夺，孰是孰非难以评说，只能说胜者为王。
"二战"后这里的造船工业就停滞了，留下来的船只和房屋烙印
着那段历史，我曾想过，一百多年前这些华人劳工是怎么来到
这里的呢？只知道文学书籍中记录着非洲黑人远涉重洋，被送
到北美。华人祖先也一定是带着美好的憧憬登上东去的海轮，
来到北美这片土地的，却开始了他们噩梦般的苦难日子。

　　史提夫斯顿小镇上，道路、房屋、博物馆，各种沿街小
店、手工艺品商铺和海鲜烧烤美味餐馆等都很有特色。世界各
地的游人来到这里，走走逛逛。各家小店的门面通常不大，只
有十几平方米，能容纳六七个人，人再多就会转不过身了。大
多商品的价格也就是几加元，很少有超过100加元的商品。小
店一天的营业额也就是一两百加元，也许更少。就是这样的小
店，人们还特别喜欢逗留。

人们来这里还有一个目的，就是品尝海鲜。在这里，隔三五步就有世界各国不同风味的餐馆，从早到晚，香气四溢，美式、法餐、德式和日餐都很受欢迎。我们徜徉在码头的岸边，听着渔商在各家的渔船上叫卖着自己的海鱼、海虾，邻街就有加工这些海鲜的餐馆，客人坐在遮阳伞下的藤椅上，就能品尝美味。世界各地都不缺吃货，奔着来这里吃海鲜的人很多，当然，也有很多人买回家往冰箱里一放，慢慢吃。在冬季，天气越冷，买到的白虾就越新鲜，直接剥掉壳，生吃虾肉，鲜美极了。这里的人爱吃斑点虾，这种虾只有在冬春季很短的时令才有，虾的身上有密密麻麻的斑点，味道鲜嫩细腻，清香甘甜。生吃就是用手指把虾一挤，将虾肉送进嘴里，或者蘸点淋上生抽的芥末用嘴一抿，壳肉就分离了。加拿大的三文鱼也是出了名的肉质饱满，内含黏液，入口滑嫩，柔中带一点点韧劲儿。烤鳗鱼和龙虾粥都是客人们经常点的，这些就足够食客们吃得美滋滋了。如果自己开车去渔人码头，能够找到免费的路边停车位是一件非常幸运的事。那里人多车多，停车比较困难，只要没有限制的地方都可以停，但要留心指示牌上标明的许可时间和方式。外国人特别喜欢这里的情调，游人喜欢在码头上拍照合影。到了节假日，这儿也是温哥华节日游行和聚会的场所，花车和人流聚集，这里就成了人和花的海洋，人们手中拿着的加拿大国旗猎猎飘扬，交相辉映。

加利角公园（Garry Point Park）坐落在渔人码头西边，是一个绝佳的赏景观海位置，从这里能看到浩瀚的太平洋。很多人从渔人码头径直向西走，来到这个公园看海，一边享受着静静的海风，一边听着各种飞鸟的叫声。游人走在河岸一望无边的大坝上，沿着大海慢慢欣赏景色，步行可以走很远很远。如果天上再下点小雨，那种历史的沧桑印象与现代的繁华交织在一起，让人浮想联翩。走在这座大坝的海岸边，不同的天气带来别样的体验，让人流连忘返。

史提夫斯顿小镇这块区域也是美国和加拿大两国之间的一个陆路交通要道，从温哥华通往美国边境的99号公路就从这里经过。古老的小镇终年游人如织，地理和人文底蕴十足。人们站在码头的岸边，耳闻近处渔商的叫卖声，眼望远处航道上不时经过的船舶。密密麻麻的海鸟飞落在码头和船舷上，白色洁净的羽毛随着起飞和降落扇起呼啦啦的一阵风。这些海鸟身材硕大，尖嘴长喙，都是在大风大浪的海岸边飞翔和生长起来的。它们甚至会停留在你的肩头，与阳光下的蓝海和白云构成一幅美妙的海岸风光画卷。

九大著名海滩

加拿大大陆本地最西端就是不列颠哥伦比亚大学（The University of British Columbia，UBC）。UBC大学知名度很高，但很多人不知道的是，从这所学校靠近的海边，沿着巴拉德湾（Burrard Inlet）内湾，绕英吉利湾（English Bay），经固兰岛再向北，就可以抵达斯坦利公园的北端。这么一圈绕下来，大小海滩众多，公认的著名海滩就有9个。这些海滩的景色各不相同，视线开阔、滩缓坡平、沙细水清、美不胜收。我在地图上发现这些海滩后，就决定都走一遭，第一个目的地就是最西端的"沉船海滩"。

从市中心41街驾车向西行驶，很快就进入了宽阔的UBC大道。限速标志不断在"50"到"80"迈之间变化，密集的车流渐渐开始稀少，去往这个方向的人多是奔着西海岸的风景去的。车少路宽，不知不觉中，我脚下的油门踏板又被踩下去一截，车速越来越快。但要注意，路边常有藏着的钓鱼执法的警察，可不能光顾着看风景，忘了车速。

沉船海滩（Wreck Beach）是位于太平洋地区精神公园（Pacific Spirit Regional Park）的一处著名的天体海滩（又称裸体海滩），位于不列颠哥伦比亚省著名的UBC大学西南部，面朝太平洋与乔治海峡。海滩的入口非常隐蔽，有茂密的树林掩映。初到此地，游客很难找到入口，可以寻着一些登山径道上的标志找到。这里还有几条著名的步道（Trail），登山爱好者会利用周末和节假日在山间穿行、健身。沉船海滩被排在世界七大裸体海滩之列，依山傍海，风景绝佳，让人情不自禁地想要坦荡、裸露，丝毫不觉色情，这或许就是天体主义者的快乐理论。在生活的重负之下，在繁忙的工作之余，放松自己的心情，解放自己的灵魂，与自然融为一体，真是一个调节自我身心的好去处。风和日丽的夏日，那一片肉色海洋会让不同文化背景的人们感到惊奇，海滩上的牌子写着"No Clothing Beyond This Point"，意思是"不想裸体就不要迈步越过牌子了"。但近年来也渐渐有了例外，进去的人是可以穿衣服的，大家都要相互理解，不要好奇地喧哗。

我们到达时已是晚上6点左右，依然是阳光炙热、光线刺眼。裸体海滩上有胖乎乎的老外侧躺在岩石旁，享受着阳光。夕阳下的海风轻拂面庞，我们在断残的树木和岩石错落的沙滩上观赏波光粼粼的海面。落日的余晖穿透云层，照耀在海面上，给远方的冰山映出一抹光晕，构成了海边独特的暮色。

西班牙海滩（Spanish Bank Beach）位于UBC大学的北侧海岸，在这里既可以找到城市中的幽静，又可以远眺市中心的繁华。这个海滩以纪念1792年西班牙探险家的探险发现而得名，英国人将这片别致的堤岸命名为西班牙海滩。在温哥华众多的海滩中，这里的人最少，绵延的沙滩成就了一处绝美的静谧之所，非常适合那些渴望逃离都市快节奏生活的人们来此静静地观海。对浅水冲浪（Skim Boarding）爱好者来说，一旦掌握了最佳的潮汐情况，这里便是浅水冲浪运动的天堂。

与西班牙海滩东邻的便是洛迦诺海滩（Locarno Beach）。这里停车是免费的，是不错的度假胜地，可以散步、慢跑、游泳、打排球、烧烤和享受新鲜空气。这里也是著名的免费玩沙滩排球的地方。天气好的时候，路边会有很多停下的车，海滩四处飘散着烧烤的香味。游客在海滩停车场的东南角能看到野生动物，草地常常有野生兔子出没。

贴着海岸继续东行，与洛迦诺海滩相邻的就是杰里科沙滩公园（Jericho Beach Park），它是温哥华第二大公园，面积为54公顷。这里拥有大片的沙滩，沙质细腻。夏季是沙滩景致最美的季节，同时这里是著名的风帆冲浪（Windsurfing）胜地。许多人喜欢在此野餐、放风筝、晒日光浴或游泳戏水。秋冬季这里还有大量野鸟逗留，是市区赏鸟的好地方。杰里科沙滩公园除海滩、草原外，还有池塘、灌木丛与混合林地，适合野生动物栖息。公园内两个供水鸭栖息的池塘中，有秋沙鸭（Merganser）、白枕鹊鸭（Bufflehead）、鸳鸯（Wood Duck）、白骨顶（Coot）、大小斑背潜鸭（Scaup）以及帆布背潜鸭（Canvasback）。

杰里科沙滩公园所在的位置原来是温哥华最古老的原住民村落，原住民已经在此居住2400年了。"Jericho"一词源自1860年间，有一位名叫Jeremiah Roger的人在这片当时古木参天的森林边缘砍伐树林。于是，人们把这个地方称为"Jerry's Cove"（杰里海湾），后来慢慢简化成"Jericho"。1908年，杰里科沙滩是一个高尔夫球场，这也是温哥华最早的高尔夫球场，后来国防部购买了这块土地，建造成加拿大空军太平洋海岸基地（Pacific Coast Station of the Canadian Air Force）。直到20世纪70年代，这块土地才转给温哥华市政府，成为公园用地。

沿着巴拉德湾内湾向北就是基斯兰奴海滩，是温哥华最受欢迎的海滩之一，有加拿大最长的室外盐水游泳池等设施。海滩北部有一个游乐场和一些沙滩排球场地。在傍晚，还可以在这里欣赏美不胜收的日落景致。基斯兰奴海滩绵长、银白，同头顶的蔚蓝天空和远处的浩瀚大海互相映衬，单单是躺在沙滩上聆听大海的咆哮之声就是一种享受。海滩上设有乒乓球场、篮球场、儿童游乐园和绿草公园。在炎热的夏季，基斯兰奴海滩成为市民消夏、游泳、晒日光浴、玩沙滩排球的好去处。夕阳西下，傍晚来临，整个海滩沐浴在金色的阳光下，景色极美。那篇以"雨"为名的著名散文就被刻在海滩边的巨石上，留给人们对温哥华雨季无限的遐想。不过，想要在这里找到免费的停车场实在是困难，停车场的收费标准是每小时2.5加元、8加元可停一天，用Easypark、信用卡、借记卡或硬币支付都行。

紧邻英吉利湾的就是日落沙滩（Sunset Beach），顾名思义这里是温哥华观赏夕阳的绝佳去处。每到黄昏时分，绚丽的晚霞染红半边天，橙红色的夕阳徐徐沉入海平面，此般壮观景象，令人陶醉。行人步道的一端通往斯坦利公园（Stanley Park），另一端通往耶鲁镇（Yaletown）。在这里，你可以看到各种各样的游艇，色彩斑斓。每年7月的烟花节，世界各国都会派来最优秀的烟花队伍，在这个海滩放飞最绚烂的烟花，而温哥华的人们从下午开始就在海湾南北两侧边吃、边玩、边等待，等到夕阳落下，烟花才开始放射，欢呼声响彻整个夜空。

英吉利湾海滩（English Bay Beach），也称为"第一海

温哥华九大海滩之一的基斯兰奴海滩边上的著名露天泳池，与大海仅一墙之隔，海天一色，浑然天成。

滩"，在西南端的英吉利湾，曾是1792年温哥华船长（George Vancouver）率领英国船舰首次登陆、有着历史追忆的地方。英吉利湾虽然与市中心西尾区（West End）林立的高层公寓及繁华大道仅一街之隔，但这里的自然美景与喧嚣的都市还是非常和谐地交融在一起。如今的英吉利湾，是温哥华最负盛名以及曝光率最高的沙滩，每年的"北极熊"冬泳、和平反战游行、同性恋大游行等大型节庆活动都在这里举行。

第二海滩（Second Beach）和第三海滩（Third Beach）相连，位于英吉利湾北部。第二海滩处也有一座巨大的户外温水泳池，第三海滩可以开车和骑车。有不少沙滩爱好者认为第三海滩是温哥华最好的沙滩，只能说仁者见仁、智者见智吧。

开疆拓土的一家人

　　我和太太的中学同学PINGPING就住在大温哥华区高贵林市，这次是我们自高中毕业后第一次相聚，时光已越过三十多年。这个周末，我们和PINGPING一家人相约去本纳比山脚下的海边玩了半天。他们家有四个孩子，第一个孩子是男孩，生于上海，三个女儿都是在加拿大出生的。今天两个十几岁的小女儿跟着父母一起来玩，在海边打打闹闹，追逐嬉戏，特别开心。PINGPING的先生像小孩子一样跟孩子们玩耍着，他特别喜欢海滩上被海水冲上来的各种新鲜玩意儿，哪怕找到一个奇形怪状的石头也会大呼小叫，我们被他逗得一直在乐。

　　这次出国前，太太在家里翻出了大学刚毕业时和PINGPING往来信件中的一封，文字中流露出的朴素的同学之情让她感慨万千、潸然泪下。这虽然是一封平常的同学间的书信，但被珍藏了三十多年，再回看字里行间青涩的感怀，不由得感叹现在互联网虽然让我们的生活方便很多，但也失去了传统的述怀手段，比如手写的书信，曾经是人人用来记录绵绵情感的一种寄托。那种亲力亲为书写信件的感觉，是电脑和手机传输无论如何都无法达到的。20世纪80年代，PINGPING和她先生在上海工作几年后相爱、结婚，来到加拿大温哥华，西蒙菲莎大学（Simon Fraser University，SFU）是他们落地生根的地方，也是PINGPING作为大学老师依旧工作和生活至今的圈子。她的先生博士毕业后开始更深入地研究生物工程化学，三十多年后已经成为加拿大著名的生物学者。PINGPING也把自己的父母接到身边生活，幸福的一大家子住在高贵林的一幢将近600平方米的别墅里，过着衣食无忧的日子。

说起PINGPING的先生，他在加拿大的发展也是一段传奇故事。他在SFU留学期间，创新地解决了加拿大森林病虫害防治的重大课题，在加拿大生物学术界名声大起，成为当年媒体宣传的加拿大十大华人之一。他毕业于北京大学化学系，专业功底很好，后来在加拿大又开始涉足药物研究，并取得了新药上市批准，成果斐然。他不仅科研工作成绩出色，家庭规划和开拓能力也强。他们两口子非常有智慧，动手能力强，四个孩子的家庭喜气连连，他们一直以"上帝的关照"来解释幸福家庭的壮大，这也是在西方生活的人们常用的表达内心感激的一种说法。前几年他们一家人又在大温区枫树岭市买下了4公顷的森林，计划建造一个生产研究基地，顺带种植水果花卉，饲养牛羊鸡鸭。枫树岭市是温哥华东北部的一个比较偏远的地区，这些年的发展快了起来，一些地产投资客买下一块块土地进行储备，使这里的土地不断升值。因此，他们也买下了一块土地，之前二十年土地价格一直都没有涨，但买下来不到两年，就涨了70%。

这块树林里长满几十米高的参天大树，这两天他们两口子请了一家服务公司来砍伐。我们去的时候，正好赶上一名印度裔工人在现场作业，开着一辆推铲两用的工程车，将砍下的大树推到地块的边上。我们好奇地踩着泥泞走进现场，感叹这么好的林子就这样被推掉了，在中国肯定不行。但这里的树木太多，按照法律，自己土地上的树木经申请后就可以锯掉，但未经批准是不能随意砍伐的。这片林子里过去常常有棕熊和其他野生小动物出没，眼下树木被推倒，动物们没有了家园。我们建议保留一些树木，这样以后不仅可以作为景观观赏，也给动物留下生存空间。他们说前几天的夜里就有熊来到砍伐现场，把锯下来的树木举起来再扔到四处，以搞乱现场来表示它们的气愤，原来动物们也会为保护自己的家园"表示抗议"。

上面所说的这些还不是PINGPING的先生在加拿大的全部事业。前两年他又在列治文市收购了一家酿酒工厂，这也与他从事的微生物研究相关，他通过酵素及OMEGA-3等生物产品，研发了与葡萄酒相关的酿制新工艺。他收购的酒庄叫"Bayou Brewing"，是拥有可以自己酿酒牌照的企业，虽然不能赚什么大钱，但可以作为生意来经营，同时做一些生物发酵的实验研究。在酒坊可以依据配方制作上百种世界各地的酒品，有红酒、白酒、白兰地，等等。顾客还可以根据自己的喜好亲手调制。博士告诉我，其中更有意义的是还能和他的科研工作相结合，他把一些发酵的生物新产品在酒坊里进行温度和湿度方面的试验。

我们去参观过这家酒庄，看到店里和工厂聘请了经理和几位兼职工人，酒坊里酒香四溢。我们兴致勃勃地品尝了不同工艺酿制的几种酒，也看到有固定的顾客开车来酒坊，自己动手制酒，他们忙碌一两个小时后再用车将制成的酒运走。据说，这种私家酒坊制作的酒只能在私人间交易，不能直接摆进商场公开销售，如果酒庄的人私自把酒运出去向大众销售，是要被罚款的。

我一直以为他们一家可以安稳地过着舒适的生活，但发现人们总是抵不住诱惑。PINGPING的先生也被中国这几十年的飞速发展所吸引，知道中国在生物化学方面的起步和发展都比较晚，在几次受邀回国考察访问后，决定在他的老家湖北搭建一个新的高科技研发和生产平台企业，与几所高校一起建立了生物研究创新基地。地方政府对于这样优秀的华裔人才当然是青睐有加，提供了很多优待政策，连他的太太都很快收到了中国政府颁发的"绿卡"。这几年，PINGPING 的先生由于在中国研发和投资领域工作成绩突出，获得了"湖北百名归国优秀人才"称号。

PINGPING 的先生的老家就在湖北荆门，他说自己顺便可以经常从武汉回老家看望年迈的父亲。这几十年，他们一家人从中国到加拿大，如今再从加拿大回中国，开疆拓土般的奋斗和追求一直没有停止。

时空带来的改变

　　从东半球前往西半球，人们就会明显地感受到时差。时差这个东西很神奇，想把时差完全消除还真不是一天两天的事情。开始时，清晨起床总有似醒非醒的感觉，每天早上眼睛里都有一点血丝；到了晚上更明显，睡一小会儿就醒了，因为这个时候地球的那边是白天。刚到加拿大的一段时间里，在当地上午时间我的思维反应会比较慢，容易头脑不清醒。尽快调整时差的经验就是每天必须睡够，白天想睡就睡，晚上也不要睡得太迟，力争尽快让自己的生物钟调整过来，形成新的规律。

　　随着地球转动，换个环境后，人的细胞似乎也在"重新排列"。来到一个新的经度和纬度后，时空颠倒，黑白更替，产生的后果就是在新的重力条件下，身体里的细胞需要再次"重新布局"。我还注意到一个有趣的现象：从中国到加拿大的人，很少会成为胖子。为什么不会变胖还真说不明白，即使主食、甜食越吃越多，似乎也没有几个真的成为胖子的，但只要回中国住一些日子，身上的肉就长出来了。如果说与饮食结构和生活起居有一定的关系，那么时空的转换也起了重要的作用。时差改变后的磁场作用不可小觑，随着居住的时间越长，这种差异会越小，直至完全适应。

在这个星球上，人类是足够强大的物种，不仅能够适应时空变化与自然环境的改变，还能在一定程度上改变和重组环境。很多其他的动物就没有这么强大了，随着人类占领的区域越来越大，它们的活动空间越来越小。生活在加拿大的人们对野生动物的保护非常到位，尽量不去打扰动物生存的领地和空间，人们活动的范围内——城市道路、树林、公园、草坪或是房前屋后——很容易看到小动物生存和活动的痕迹，甚至偶尔也会看到棕熊和其他大型动物出没。若身边出现松鼠、鹿、熊、狐狸，人们都会欢喜并好奇地拍照。同时人们也知道，这些动物在城市出现是迫于无奈，它们也是冒着被人类袭击的风险才在城市中觅食的，这是动物维持生存无法避免的基本行为。我们经常能在广播和电视新闻里听到和看到提醒人们注意安全和如何防范动物突然出现在人们面前所产生的危险。为了寻找食物，这些动物甚至会冒失地闯进人们的屋内。当然，每年都会有一些动物袭击人类的事件发生。北美的自然环境优越，森林中树木高大、河流众多，这些都是适宜动物生存的环境。但气候变化和人类活动改变了野生动物栖息的原始环境，特别是大型土木开发建设更是将动物觅食的通道和环境彻底改变了。动物的活动线路和觅食版图都受到威胁和破坏，道路、住宅、汽车和人类活动产生的噪声污染、水源污染，都让野生动物的生存空间变得更加窘迫。

人类、动物及环境相互爱怜，是近年来越来越被人们重视的观点。再看看加拿大重要城市温哥华的自然变迁过程，就能理解人们对环境的重视，这同时也是让我们居住的城市更加宜人的前提。那么，最早的温哥华的自然环境又是怎样的呢？

早在1886年之前，这一片区域并不叫温哥华，而叫格兰威尔，现在的格兰威尔岛（Granville Island）就是最早的核心位置，后来才在周边慢慢发展起来，扩张成为现在温哥华偌大的城市群。当年格兰威尔岛是一个凸出于福溪（False Creek）南岸的人工半岛，曾经是锯木厂、铜铁加工厂和货仓，这些工厂随着时间推移逐渐没落。1973年，温哥华市政府保留了仓库的外貌，畅通河道，通过河道运输木材，如今温哥华市与这个岛相连的格局，是河口冲积而成的。格兰威尔岛的诞生就是一个自然被人类友好利用、人与生态环境和谐发展的典型例子。格兰威尔岛，现在又被翻译成"固兰湖岛"，已经是重新规划后的多项艺术展示区，名气也越来越大。它与温哥华市区隔岸

在加拿大城市的郊外和山区，有很多公路隧道的上面保持了土坡的自然状态和原始植被，并在临近公路的侧面用栅栏围挡，防止来往的动物意外从坡面摔下，确保野生动物可以在公路两边自由穿行。

相望，格兰威尔桥横跨上空，近观远望，水影浮荡在蓝天白云之下。岛上最出名的是一处占地4600多平方米的公众市场，里面出售多种新鲜食品和工艺品，岛上还聚集了许多餐厅、酒廊、戏院、画廊、商店和儿童用品市场，陶瓷、玻璃、编织、彩绘、纸艺、首饰、印染等工艺品应有尽有，让游客眼花缭乱之余更是赞赏有加。今日的格兰威尔岛已经成为世界知名的文化区，即使不懂艺术，花大半天时间在此游览，也会在情绪和心情上有意想不到的愉悦和收获。岛上的公共市场（Public Market）是温哥华三大公共市场之一，客人们在岛上品尝和购买生鲜海产，可以自行烹煮或进店消费，即使只是走马观花地欣赏一下也会大呼过瘾。

温哥华由许多岛块连片组成，特点是周边都被大海环绕，岛与岛南北连接的通道也是交通要道。海边的蓝色和远处漂亮的大厦交相辉映，洋气的游艇在海面上穿梭，鸟儿或飞来飞去，或停在栈桥上，岸边的酒吧从早到晚都是坐得满满的。这里有山，有海，有湖，有河，有舒适的气候和得天独厚的北美植被资源——植物不用过多照料就能结出硕大的果实，动物靠吃天然食物就能繁衍、长大。这里所有明示的规则中都有保护动物这一条，人、车都要谦让动物，在人类发展的同时，动物的生存空间也会尽力被保护下来，免受损害。

北美的气候决定了这里的动植物都长得高大，这是大自然赐予的良好福报。但人类需要足够重视自己的活动给共同生活在这个地球上的动物和生态环境带来的影响，要认识到自然的力量还是超过人类的，人类只有顺应自然才为上策。人类想做的事情很多，但时空中的任何改变都会产生新的反馈，这些反馈会再次作用于人类，或许有些影响现在还无法看到，但带来的改变是一定的。

移民就业的难与易

在加拿大这个移民国度里，为移民设置的服务机构非常多，很多服务都是免费的，这是政府工作内容的一个方面，如安居手续、学习英文、就业指导、职位推荐、岗位培训，等等。就连学习英语的地方是否负责看管孩子都有明确的提示，都是为了给移民提供便利。而租房买房、租车购车、家装工程、商业保险、衣食住行这些都是需要公民自行承担费用的。近二十年，从中国前往加拿大的移民非常多，主要分为两类：一类是技术移民；另一类是投资移民。其他类别也有，类似团聚和特殊人才通道，主要还是集中在前两类。加拿大专业机构统计数据显示，华裔主申请人成功获得移民资格来到加拿大后，实现成功就业的人数屈指可数，这就非常奇怪了，这些人后来是怎么居住和生活的呢？

这就要谈谈加拿大的就业结构了。通俗来说，加拿大的工作大致分为三类：第一类是基础服务岗位，如餐厅、商店、维护、司机、环卫、建筑、生产、种植及政府公务和聘用人员；第二类是高技术白领工作，包括金融、科技、医学及各类大学和研究机构；第三类是雇主自我就业。前两类工作对自身条件都是有不同要求的，看似宽松的背后有着对职业岗位严格的资质证书许可制度，录用门槛和标准是非常清晰的。移民不能凭借一纸文凭就应聘入职或跨专业择业，这些岗位对技术证书标准和过往经验要求比较多。这就造成中国内地技术移民和投资移民来到加拿大后，能够胜任技术岗位和取得中高薪水岗位的人少之又少，就业门槛高。不少从中国移民加拿大希望寻到对口工作的人，经过一段时间后又回到中国，其中有一个重要原因就是他们没有找到与事业发展规划匹配的晋升途径。只有在加拿大读完大学留下来的年轻毕业生才能够适应这里的入职环境、具备入职条件，这样一来，在加拿大的中国技术移民的来源主要是这些留学生。

除了技术移民有可能来自二三十岁年龄段的人群，加拿大的中国移民中更多的还是年龄段在四十岁以上的投资移民人群。投资移民对资产数额有相当高的要求，满足移民条件的多为在中国的成功人士或财务自由人士，他们中的多数人已超过青年人的年龄范围，英语交流也存在一定的困难，这就比欧洲、南美洲及亚洲一些本国语言就是英语或法语的移民多出一道难以逾越的交流鸿沟。

加拿大的职业领域中，科技、生物、电子、化工、金融等专业性较强的领域对年龄的要求比较严格，大学生、研究生毕业生或者有一定工作经验者优先，中国的投资移民不太符合这一硬性条件。企业对简历中的学历资质和工作经历审核非常严格，必须有加拿大认可的专业和职业证书，还要有相关国外机构工作或实习的经历。在应聘具体岗位时对专业性的描述非常细致，工作分工也十分清晰，需要详细介绍自己是否有相关工作经历，能力是否胜任也会在一次次面试中得到核实。这些严格要求让从中国来加拿大的中年移民望而却步。相较而言，比较容易的是一些基础的、打零工性质的简单劳力和劳务，比如餐馆服务、搬运货物、清洁卫生等。而这些岗位对来到加拿大的中国成功人士来说过于基础，他们是不会有兴趣的。他们追求的是国外优越的环境和清新的空气，还有高品质的食物和舒适的生活。基础服务类工作岗位几乎看不到中国男性移民的身影，这些服务岗位的用工需求量很大，招聘中有不少亚洲面孔，主要来自中东、东南亚和南亚，以泰国、马来西亚和印度居多，与中国移民相比，他们在语言上有得天独厚的优势。

这一段时间我也认真观察了加拿大各种帮助新移民就业的机构的岗位推荐和招聘启事，从中可以看出政府确实是想帮助新移民融入社会，参与加拿大的社会建设。服务岗位招聘中很多是兼职工作（Part-time Job）。我在列治文市网站看到有"职业招聘"板块，岗位也经常更新，比如有在公园管理部门值班的岗位，有花木剪枝的技术工位，有日常活动中的执勤辅助工位，都是一些简单性的工作，通常培训几十小时后就可以上岗，劳动报酬是每小时17—20加元不等。

在加拿大还有一个志愿者组成的庞大社会服务体系，非常多的社会工作是由志愿者和兼职工作者协助完成的。社会中的志愿者体系非常健全，无论平时还是节假日，很多政府和社会活动都由志愿者执行，每天会适当给予志愿者一些交通和餐费补助。志愿者工作的临时性较强，只要经过短时间培训就可以从事，只是需要有强烈的责任心。志愿者组织也是等待机会和就业转换时的一个实习渠道，很多人的工作机会都是在志愿者团体工作时通过推荐赢得的。

语言分级测试

　　由于母语不同，来自世界各地的新移民到了加拿大后就需要使用当地的工作语言或者称之为官方语言——英语（部分城市的官方语言还包括法语），但新移民并非都能熟练运用英语，这给他们融入当地生活带来困难。加拿大政府每年花费大量财政为新移民免费进行语言水平分级和培训，不同语言水准的移民可以选择不同难度的培训课程，加拿大为新移民提供的语言培训课程是LINC（Language Instruction for Newcomer to Canada），曾经还有一个供培训者选择的课程是ESL（English as Second Language），中文翻译过来称为"第二母语英语培训"。2015年后，加拿大统一使用LINC教程，移民可以用几年时间使自己的英语达到工作所需的水平，满足新移民日常交流、了解社会、融入当地生活的需要。对于母语不是英语的外国人来说，这是一个非常实用的、有效提高语言能力的渠道。

　　新移民登陆加拿大后，通过电话与LINC机构的工作人员取得联系，需要先预约参加语言分级测试评估，根据评估情况决定参加哪个级别的课程。温哥华地区的测试地点设在市中心的商业路（Commercial Dr.）转弯处，一座两层高的临街小楼，交通方便，紧邻地铁和公交车站。评估中心的对面是一个比萨店，比萨饼被切成三角形售卖，"5 For Three"（5加元可以买三块），还要加上25分的税。比萨饼符合大众的口味，味道不错，足够两个人吃饱，学员们可以在享受快餐之后再去参加考试。

考场设在小楼的二层，室内氛围轻松。应试者需要先进行证件核实并登记，然后坐等工作人员通知应试者进入考试房间。考官会耐心、和蔼地介绍当日的考试计划，缓解应试者的紧张情绪。考试内容分为三个部分，由考官在一个多小时内分别进行口语基础交流、听力测试、阅读短文写作三个方面的测试评估。口语对话主要是聊聊个人基本情况和看图回答问题。比如，有一张图是一位戴着安全帽的工人坐在咖啡馆，一边喝咖啡一边看报纸，考官会让考生描述现场的状态。这种考试场景很生动，应试者可以随便聊，只要话题与图画有关就行，多聊一定会更容易得高分，因为考官考察的就是应试者在生活场景中的交流主动性。听力方面的测试就是播放一段日常对话的录音，考查应试者能够听到录音中细节的多少，比如时间是几点几分、购物付款是几元几分、去程和回程走的是什么线路，旨在考查应试者的注意力和听力。阅读短文写作是在另一间可以容纳几十人的会议室里进行的，工作人员发给应试者一张试卷，应试者要按照要求写两篇小文稿。其中一篇简单一些，要写六七个句子，不能只用几个简单的词汇打发考官，需要把句子写完整；另一篇是评论文章，题目类似于"有的人认为工作只是一种任务，有的人认为应该与自己的爱好和志向一致，你的观点是什么"。题目不难，主要是评估应试者的英语读写能力是否可以应对日常生活和工作。每个应试者大约写二十分钟就能完成，交卷后就可以离开了。考试成绩会在一周后寄到应试者留下的住址，应试者收到成绩单后再按要求去报名点登记班级。以中国内地本科生或研究生的英语水平，基本可以进入六级或者四级的班级。每年的开课时间一般分三个时段——春季、秋季和冬季，每学期为三个月。由此，移民就可以像回到学生时代一样，每天去指定的学习地点上英语课了。

测试并不强制要求表现应试者的最高水准，因此也有应试者故意回答得差一些，为的是让评估分数低一点，这样就可以在 LINC 分级时降低一个级别，可以使开课初期的学习压力小一点，也意味着能够把学习时间拉长。这部分人多是自己在加拿大居住、时间充裕的人，不需要在短期内达到某一个学习目标。我就发现一些华人家庭的女主人，一边陪伴孩子在加拿大读书，一边来上英语课，左右忙碌，乐在其中。

中国移民一般都学过英语，但到了国外之后，很快发现在中国学的那些语言知识完全不能应付日常交流，尤其是听到外国人讲英语，好像语音、语调都与中国的英语老师不一样，甚至一句都听不懂。其实这时并不用紧张或小瞧自己，并非你的外语说得不对，而是太书本化，现实中的口语交流会更简略。我还发现，外国人与对方交流时，当发现对方来自非英语国家，他会立刻把语速放慢，慢到对方可以将每个单词听清、听懂的程度，而他们与相同文化背景的人交流时，马上就会恢复语速。从中国去加拿大的华人，只要一开口说英语，就会被对方判断出是什么语言水平，所以，中国人日常不用担心自己的英语不好而影响交流，只要大胆开口并附带肢体语言，就能完整表达自己的意思。别不好意思张口，没有人会注意你的语法能力，对方关心的是他们是否理解你的意思，这也是人际交往中人们关注的重点。

在国外学习外语还有一个便利，就是每天可以收听新闻广播，当地有"1130"和"680"频率以及其他新闻频道，有多伦多的、温哥华的，甚至还有卡尔加里的新闻，广播里的内容与百姓生活息息相关，常常听到走过的街道、逛过的商场、玩过的公园、到过的景点的名称。在同一片天空下，各个城市的突发事故、天气预报、交通状况、假日活动都是新闻报道的焦点，多个时段的播报内容会含有重复的英语词汇。于是有一天你突然发现，可以清楚地理解广播的内容了，英语听力有了一个明显的提升。当然，看电视也是提高英语能力的一个渠道，但听广播不像看电视，不需要一直坐在电视机前。总之，身在外语环境中，英语会绵绵不绝地充盈你的耳朵，语言水准的提高只是时间长短的问题罢了。

加拿大国庆节

加拿大独立日（Canada Day）是每年的7月1日，从2016年向前推149年，英国将所占领的加拿大安大略省、魁北克省、新斯科舍省和新不伦瑞克省合并，宣布成立联邦。1879年，将此日定为"加拿大自治日"；1982年10月22日根据《加拿大法案》改名为"加拿大日"，就是今天的加拿大国庆日。在这片曾经被称作新法兰西的土地上，法国殖民者与英国殖民者之间发生过持续的战争，最终以英国殖民者的胜利告终，英国政府在1867年7月1日建立了加拿大联邦，并允许其自治，由英裔和法裔殖民者共同统治。其实加拿大独立日与美国独立日只相差三天（美国是7月4日），但美国独立日的意义完全不同，是宣布驱除英国在北美殖民地的统治，是把英国占领的北美土地从英国人的手中夺回来。

我在早间新闻中得知，加拿大政府为庆祝一百五十周年国家诞辰，宣布全国46个国家公园将对全世界免费开放，这是一个国家行动，可以吸引大量游客来加拿大游玩。加拿大地域辽阔，很少有国家具有如此美丽的自然风光——高山积雪、冰川河流、北极寒地、海洋湖泊、森林植被、岩石黄土都映衬出绝伦的景色。

一个坏消息前几天也随之而来，温哥华邮政宣布从7月1日起罢工，通知居民和单位提前把邮件处理一下。这就很有意思，罢工要先友好地告知政府和市民，显示了罢工者很有职业素养，同时也证明自己从事的行业在社会上是很重要的。这次罢工的目的就是涨工资。前些年好像教育工会也闹了一次，导致学生上学报名都推迟了几个月，大学也一样受到连累。和平罢工是不管节假日的，也许在这个时候罢工的效果更好。银行通常有纸制的信函寄到客户家中，这时也会通过电子邮件告诉客户注意与银行的信息交流，因为纸制邮件会因为罢工而滞后送达。

我先查阅了当地几个城市关于加拿大日庆祝活动的网站，还真是介绍得比较详细，连有哪些表演节目都可以提前知道，如"庆祝活动现场如何停车""游行从什么时间开始""线路是什么""有些什么好玩好看的"都详细地标注清楚了。这里的节日庆祝活动主要是民间协会自发组织的，政府也会组织一些，市长来参加开幕式，老百姓自己玩得开心就好，社会机构参与非常积极，志愿者组织在其中发挥很重要的作用，有专门的志愿者登记网站用来招募义工，孩子们和学生都会参与进来。在国外，如果没有志愿者，这些大型活动是很难搞起来的，必须有人奉献，有人工作，有人赞助，这就是国外社会活动的自发性和亲民性，而不是靠政府财政投入。

网站上有图示和介绍，特别是活动介绍，把音乐表演的参与者都一一做了介绍，使参与者人人都有成就感。在城市活动地点的选择上，政府一般会把庆祝活动的主场地安排在人们熟悉、交通便利的城市公园。公园内分成若干区域，有舞蹈表演区、烧烤小吃区、儿童乐园区、园艺花卉区，还有手工和艺术展示区，等等。国庆的装饰物主要是枫叶国旗，人们身上涂的、脸上画的、膀子上绘的、手上拿的都是枫叶国旗，满是加拿大国旗的海洋，节日气氛非常浓厚。加拿大人很爱国，家家都会自费购买国旗挂在门口，每逢节日就会换上新的国旗。商店里有很多用枫叶制作的生活用品，比如帽子、手套、围巾、衣服、T恤、挂件，凡是能印的，全印的是枫叶国旗，这些东西卖得很好。大街上，人人的手上都有小小的国旗在飘扬，汽车车窗和前挡风玻璃上也都摆着枫叶国旗，家家户户一到过节就很开心。

国庆节是一年最热闹的节日之一，透过人们在街道上"蹦呀跳呀"的狂欢景象就能看出来。最令外出参加活动的人们担心的就是节日时的交通，但相关部门安排得很好，在各个欢庆点周围都有警车，活动地点会清楚地标记在地图上。"几点游行""几点解除戒严""游行路线是什么""哪里放烟花"等大众关心的问题都会通过管理部门的网站进行公示。自从"9·11"事件后，西方对安全问题非常警觉，据说7月1日当天多伦多也发生了袭击事件，但温哥华这里的人们全当什么都没发生，照样怎么"嗨"怎么玩。

我们先驱车到了列治文市的史提夫斯顿小镇，参加了"三文鱼节"（Steveston Salmon Festival）庆祝活动。这是列治文市的经典节目，每逢过节都在这里举行，据说用来烧烤的三文鱼有1600磅，每人花15加元就可以敞开吃。我走进公园发现真是热闹：各种点心台和酒水台前都排起了长队，大人们带着孩子挤来挤去，寻找孩子们爱吃的东西和想玩的活动；观看演出的人们很守秩序地坐在草坪上，搭建的舞台上有乐队在表演；邻近的另一个舞台上，歌声和乐器声把周围的其他人又带进了另一个音乐和喧哗的氛围中；临近中午还会有花车和彩妆游行队伍穿城而过。

我们没有在这里耽搁更多时间，紧接着就来到本拿比市（Burnaby）。这个城市位于温哥华的中部，是连接温哥华各个城市的中心，市区内到处都是歌声和涌动的人潮，我们只是在几个大型社区和商业繁华地段转了转，感受了一下热闹的氛围之后就开车前往高贵林市，我们的老同学就居住在这个城市，她的母亲也是刚从中国过来，借这个节日可以顺便看望一下他们一家人。

正好他们也想趁节日外出游玩，我们就一起来到了穆迪港市（Port Moody）游览了一圈。温哥华由十几个不太大的城市组成，连接城市的路和桥都修建得非常通畅、便捷，十几分钟就可以驾车从一个城市到达另一个城市。穆迪港市的庆祝活动在海湾公园举行，这里的海湾由巴拉德海湾的内海河流形成，是一个天然的良港。那天阳光明媚，微风荡漾，游艇在水面上飞驰，公园的草坪上坐满了过节的人们，孩子们满地撒欢。舞台上表演着节目"Golden Spike Cancan Dancers"，怎么从字面上看就像汉语"看看"的发音呢？美女们在台上掀裙齐舞，大花裙摆左右扇动，大腿与舞裙在眼前飞舞，这是典型的拉丁美洲的舞蹈，引得大家一阵阵欢呼和鼓掌。

就这样我们已经穿梭了温哥华的几座城市，天色还没变暗，这里太阳落山要到晚上8点之后。我们在国庆日还有一个愿望，就是在天黑前赶往市中心观看夜晚的烟花表演。

广场观烟花

加拿大独立日这天我们没有前往市中心的计划，因为白天那里有盛大的游行活动，政府也发布预警提醒人们注意恐怖事件。游行的区域是市中心——从 W Hastings St.这条街的西边向东到 Howe St.，再向北直奔 Canada Place，然后再折返向西，通过 W Cordova St.大街，这个方块形状是温哥华市中心广场的核心区域。以往在网上就能看到重大节日的游行照片，各种图片、视频中能够看到大街小巷人山人海，花车、彩车招摇过市，车流和浓妆艳抹的人汇合成欢乐的潮流，或涌向街边或冲向空旷之处。穿着奇葩的游行队伍还会把观众的情绪一起带动起来，越是夸张的搞笑动作越能吸引围观的人群。我们想想还是不去凑这个热闹了。让我们心动的还是晚上加拿大广场的烟花，大庆之年，现场效果一定很美妙，错过这个璀璨的夜晚，一定觉得很可惜。最后我们决定还是开车过去看看情况，人太多就作罢。

　　从高贵林市到温哥华市中心的车程要40分钟左右。这一路上景色很美，车行左侧是西蒙菲莎大学背面的山峦，右侧是蜿蜒流淌的巴拉德湾内海。节日里道路上的车辆出奇地少，交通非常通畅，傍晚时分我们已经靠近Waterfront的Gas Town（煤气镇）了。我就先在奥本海默公园（Oppenheimer Park）的单行路边找到车位，踏踏实实停好车，再步行前往加拿大广场。这时指针指向7点，天虽然还没有黑，但也没有下午那么亮堂了。随着天色暗下来，我们在路过的街道还真看到了一些与繁华光鲜的市容不太和谐的景象，这些场景是在书本和电影里才能看到的，现实中还真是第一次看到：公园的长椅上和路边，不时有穿着破旧衣衫的不同肤色的人。他们衣着零乱，长发掩面，脏乱是这些人的明显特点。有年轻人，也有老年人，他们坐在地上或者倚靠在街角墙边，或神色萎靡或呈乞丐模样。他们三五成群，不在少数，显然这些人是社会中需要救济的人群。他们的眼光中有一种呆滞的神色，这是最让人恐怖的。我们从他们身旁路过也不敢多看，担心目光接触会有什么不妥，便快速穿过几条街，进入繁华地段，但刚刚眼前的一幕还是深深地印在我的脑海里。平时这些人也是这样吗？节日中他们有什么特别的感觉吗？

　　天边的彩霞开始转暗，我们在汉堡店买了点心吃，经过地铁站时看到白天参加游行的人们散场后仍在广场继续玩闹，烟花表演要在晚上10点半才开始。这里是城市的中心地带，我们走向高处拍摄了一些夜景照片。隔海相望，北温和西温星光点点，万家灯火装点着温哥华的夜景，海上的大型施工船舶与海面上的倒影和灯光组合成天地一体的斑斓夜色。陆地上的近景是加拿大广场的八个船形帆角，与加拿大会议中心、泛太平洋大厦及滨海中心和加拿大签证大楼等几座摩天大楼建筑一起，构成温哥华排名第一的雄伟建筑群。站在这个标志性的位置，明显感觉到虽然温哥华地域辽阔，似乎只有这里才有现代化的感觉，只有伫立于此才能确信温哥华是一座世界级的豪华城市。9点之后，在加拿大广场这个1平方千米的区域里聚集的人越来越多，人们都是奔着烟花表演来的，来自不同国家的人中青年人居多，讲着不同语言，拿着的都是加拿大国旗，这里俨然又是一片枫叶国旗的海洋。人们被热闹和喧嚣感染着、包围着，等待着烟花盛开。在这种拥挤的人流中我多少还是有些紧张，回身看看不远处各个交通路口执勤的警车，那些持续闪烁着红蓝灯光的警灯为我增添了几分安全感。

10点半，烟花准时升空，姹紫嫣红的火花飞腾而上。烟花是从海湾里的船上放射的，内河属于巴拉德湾，在斯坦利公园的狮桥和钢铁工人纪念第二海峡桥之间，而内河北岸是北温和西温，南岸是温哥华市中心，从南向北和从北向南都是很好的观赏烟花的位置。人们欢呼叫好，异常激动。密密麻麻，里三层外三层都站着人。大人把小孩扛在肩上，个子矮的人只能向后退，这样才能不被个子高的人挡住视线。烟花放射的高度好像不是很高，色彩和品种也不是很丰富，比起中国的烟花还是有些差距的。中国的烟花又高又密，花样和色彩也很丰富，但在加拿大，人们似乎并不在意这些，内心的快乐溢于言表，他们尽情享受着这个美好的夜晚。

一切好像还没有尽兴，20分钟的烟花表演就结束了，人们开始向四处散去。沿着灯火通明的大街，经过来时的街巷，时不时还能看到露宿街头的流浪汉，这些地方与刚才繁华的广场只相隔几条街巷的距离，但好像是另一个世界。时间进入午夜，车子启动后我们开始远离市中心，繁华的灯火向后退去，打开车窗，夏风伴着海洋的特殊气息扑面而来，带给人们轻松和愉悦，沁人肺腑。今天早晨我们出来时还是阴天，天空中落下点点细雨；到了中午城区便艳阳高照，白云朵朵，风和日丽；此时晚间则已凉风习习，胜似深秋。一日之间，仿佛在四季间转换，这就是温哥华的气候特点，就像加拿大东西之间时差跨度有四个半小时，此一时彼一时，多伦多时间要比温哥华早三个小时，现在早就跨入第二天了。

加拿大多民族多色彩的文化，丰富的差异中含有包容和接纳，构建了不同肤色和不同祖籍的人在这片移民国家的土地上和谐相处。文化冲突在理解和宽容中更新、淘汰，鸣奏出枫叶国度里国庆日的同一首歌。加拿大人在节日里看似会打扮一下，同家人一起找点乐子，增添一些生活乐趣和仪式感，其实更多的还是对自然给予人类恩赐的感恩和对富足、安逸的知足常乐。

一街之隔

　　在温哥华市中心的大街北端有一个非常奇怪的现象——这也是我好几次开车和行走穿行中偶然发现的。与格兰威尔大道仅一街之隔，西东之间完全是两个天地——繁华与冷清，洁净与肮脏，明亮与灰暗，时尚与破旧。如果你没有走到街东的几个区域，很难想到还会有如此灰暗、夹杂着难闻气味的街巷，这一切居然就是现实中的街景。这里同样位于温哥华市中心的核心区域，为何有这么大的反差，又是如何形成这种环境的？我非常想寻求其中的缘由。

　　格兰威尔大道是贯穿市中心区域的南北主通道，是温哥华经济发展最好的区域之一，北温、西温、温东、本纳比、列治文相互往来必须穿过这一地段。周边公共交通密布，商场繁华、企业集中，人流密集涌动。格兰威尔大道是游客和本地人经常光顾的购物大道，人们在这一带活动时的目的性非常明确——观光和购物，商务活动一般会在这条街的西侧举办。东侧没有著名景点和公园，也没有大型商场和游乐项目，写字楼和学校也不多，人们除了开车路过，很少有人停留。东侧再向西和向北就完全不一样了，不仅有日夜人头攒动的加拿大广场，还有随处可见的众多现代化大厦和商务楼宇；豪华商场连着大型超市，不远处还是加拿大房价最高的贵族居住区；海边风光秀丽，拥有温哥华最好的空气和最美的景致。

温哥华市中心西侧是一个世纪以来不断建设和发展的新区，东侧是温哥华古老的街区，这就是新旧之间差距的来源。负有盛名的"煤气镇"就在格兰威尔大道的北端，把新与旧紧密跨接。煤气镇并不是以"煤气"得名，而是以世界上唯一的大型蒸汽钟而闻名。18世纪温哥华第一座监狱"狱卒广场"（Gaoler's Mews）也建在这里，因温哥华首任市长Jack Deighton的绰号"Gassy"而得名。1867年，Gassy建造了煤气镇第一家木制酒吧，越来越多的拓荒者来到这里，在煤气镇建起了商店、旅馆和酒廊，一度成为温哥华的标志性核心区域。现在该区圆石路两旁经过装修的旧屋已经成为古董店、纪念品店、画廊及餐室密布的游客打卡处。无论新人还是旧人，都把这里当成他们自豪的源头，自然也就不愿远离这个充满回忆的地方。重达2吨的蒸汽钟（Steam Clock）是煤气镇的标志性景观，1977年钟表师Raymond Saunders借鉴1875年的钟表样式建造了这座世界上首个以蒸汽为动力的时钟，伴随着顶部每15分钟冒出的白色蒸汽，蒸汽钟顶端的5支由蒸汽奏响的汽笛会合奏出Westminster Chimes的音乐，吸引游客驻足。"老"和"旧"也配合了这里持有老旧习惯的人们的生活基调，愿意生活在这里的乞丐和流浪汉也在这里找到了属于他们的自由、放松的氛围。需要救助的群体（如乞丐和流浪汉）自由自在地徜徉在这些街区，追求行为艺术和流浪生活的族群也白日黑夜都流连在一起，他们与城市的繁华亮丽相距如此之近，形成了鲜明的对比。

让我们感到诧异的是，这里的豪华与破旧只有一街之隔，却是城市管理者认可的，似乎也愿意把这种反差作为城市特点予以保留。与繁荣街区东侧邻近的南北道路有Seymour St.和Richards St.，东西大街有Water St.和W Pender St.，走进这些街道就能看到房屋老旧、墙体灰暗，污水和脏物随处可见，人迹比一街之隔的繁华区域明显稀少，一点都市的时尚感都没有，路过时甚至有一种阴森的感觉。到了夜晚，醉醺醺躺在地上的流浪汉随处可见。阴暗角落里，昏暗街灯下，烟雾缭绕，路边的一些酒吧闪着灯光，有年轻人在里面歌舞，路边可以听见打击乐和爵士乐的声响。

常住在温哥华的朋友提醒我们，晚上还是不要来这个偏僻的地方，也不要与路边站着的人有眼神和言语交流，毕竟我们不知道这些人的内心所想，免得由文化和思维的差异带来冲突。作为一种文化现象，温哥华的街区特点非常鲜明。加拿大国庆日的那天晚上，我们路过这个路段看到的景象并不是那天特有的，而是每天晚上在那里生活的人都要度过的普通一夜。温哥华的所有公园都有静园时间，居民区附近是晚上11点，而城市中心多半都是晚上10点，包括夜间车辆停放时间也是有限制的，一般晚上10点以后就不允许停放了，个别地方还会提醒停车截止时间是午夜，这都是出于社会治安方面的考虑。

2020年1月，温哥华全面取消了家庭缴纳的年度医疗费，之前加拿大其他省已经陆续取消了医疗费，只有不列颠哥伦比亚省还一直收取这项费用。除了特殊困难家庭，每个家庭要缴纳156加元，对于没有收入的家庭，政府每年会退回58加元。2018年年度医疗费先是降了一半，再之后就直接取消了，这意味着公民的医疗费用是免费的。正是这样的福利，加之政府还会给困难人员一定的补助，使得社会上的一些人群选择放弃工作，采取只靠政府补贴的方式生活，这也是政府福利政策下引起社会广泛议论的一个话题。但可以看到，在加拿大这个国度，大家庭的概念还是非常明确的，无论个人经济收入高低、人们选择什么样的方式生活，都被这个社会所接纳，不同品位的人们生活在相邻的几个街区，似乎也都能和睦。

　　如果天气好的话，煤气镇由圆石铺就的老路是旅行者和游客一定会来走走逛逛的地方。他们可以随意找个街边的露天咖啡厅，喝杯咖啡、吃块蛋糕，看人来人往，怀旧的同时感叹时光匆匆。站立在温哥华这个穿越历史的位置，现代和过往的元素都很容易看到，可以与时尚合影，也可以映衬落后，各种差异能够相处、相安，是文明进步的折射。在都市繁华的中心，友好随处可见，妙语轻歌飞扬，虽然世界五大洲的战火和冲突从未停息，但人类还是有能力在和平与战争的交替中寻找新的平衡。

环境干净背后的原因

温哥华的雨水多是出了名的，但人们很难找到泥泞的道路，城市更是洁净如洗，扬尘和灰土好像从来就不属于这里似的。汽车满大街跑，但车身干净、轮胎黑亮，特别是车辆在雨中飞驰，卷起的路水并不是污水，历经大雨或小雨后也不需要洗车。虽然城市管理者对脏污车辆上路有规定，不整洁的车辆上路会被罚款，但家家户户并不在意这条规定，因为车辆常年不洗仍然一尘不染。我在温哥华城区特意寻找洗车店却很难找到，车辆怎么就不脏呢？

还有城市的各种建筑，从办公楼到商业大厦，从住宅到公寓，从学校校舍到公园设施，从路边的木椅石凳到街巷的一砖一瓦，眼中看到的新建筑或翻新的大厦并不多，这些建筑的漆面可以不新，但不会斑驳剥落；房屋可以老旧，但不会失修。这种年代感让人们体会旧物的古老味道，品味岁月更替的来之不易，老旧并不比崭新逊色。有些建筑还是很多年前的木制结构，风雨使它们留下了时间的痕迹，可还是那么有吸引力和感染力。这些建筑和设施不论属于私人还是政府机构，每一方寸都有归属感，从未让人感到所有者有任何一点淡漠、疏漏，这种归属感又来自什么？

结论是私有制下万物皆有归属是名副其实的，无论细小的物体还是巨大的物件，都不会在管理上存在主体缺失。所有制决定了物权者对自己拥有的一切，包括对环境的保护和管理都是丝毫不会松懈的。没有虚化和空洞的主人翁观，都是实实在在的合法物权和责任义务；城市管理没有主体缺失的死角，所有的路段都有所有者的明示，所有的权利都有契约的约束。在这种所有制的体系之下，所有者不仅对自己的所有物珍惜有加，也会爱屋及乌，把所有的一切视为所有者形象和尊严的象征。从细小到庞大只是物象的差别，没有归属的差别，给不断优化和提升保护和管理注入了永恒的动力。

如果进入个人或家庭院落的领地，就更是私人权利不容侵犯了。一个极端的案例是，如果未经主人允许非法闯入私人领地，主人可以开枪保护自己，这诠释了私人财产不容侵犯的法律保护。每个家庭的外围环境和管理也充满了主人的特点，院落的草坪、绿植和围栏都被布置得漂漂亮亮，到了圣诞节和新年，主人会增加房屋里外的灯饰，把房屋装点得五彩斑斓。其他各种节日来临时，像万圣节、复活节、感恩节等，主人也会特别布置一下，让路过的人们知道这家主人对生活的热爱和对环境的精心打理。每逢雪后，家家户户第一件事就是把户外的通道清扫得干干净净，也会把与公共道路交会的路段一并清理得规规整整，法律对不清理门前积雪的行为也有明确的处罚标准。就说养狗、遛狗这件平常事，遛狗时必须拴牵引绳，什么时候可以不拴呢？我见到在海滩和一些户外宽阔的公共场所，专门划有一片区域，用围栏围住，让狗狗们在里面撒欢。主人站在围栏外，看着狗狗们嬉闹，而他们都拎着用于装粪便的塑料袋，这是狗主人的标配物件。

各家各户对自家房屋有一些大的改造的时候，如盖房或房屋装修、翻建，会请施工单位提前公示并做足环境保护方面的准备工作，户外张贴的告示显示出每个家庭的基本素质和公共意识。市政进行工程前也会张贴告示告知居民相关信息并做必要的环境保护措施。这几天我们居住的房屋门口有市政工程人员在维修管道，每天早上都会来一些车辆和维修工人，他们是按小时计工的，施工期间会搭建封闭的围挡，下班前他们会把施工地段整理得干干净净，还特意标明路人和车辆路过时需要注意的内容。大街小巷的道路施工，不论单边作业还是双边施工都会标示得非常清楚，指示牌和提醒牌摆放在安全而又显眼

的位置。政府的市政工程进度很慢，修理一段不长的道路要用
一年时间，我曾看到过一条很短的道路的维修工程时间提示牌
上是这样写的——从2016年4月到2017年3月。

偌大的一个城市，需要改建和重修的地方一定不少，但市
政府要批准一项财政投资计划并不是一件容易的事情，从听证
利弊到资金来源，都需要相关部门和议员反复审核、讨论，强
烈的纳税人权利意识决定了每花一分钱都要获得诸多议员的批
准。西方综合科技水平领先是我们认可的，但他们在向全社会
推广科技先进产品上却不是非常慷慨的。他们更关注政府财政
和社会资金在投入和产出方面的社会认可度，也就是更多谋算
资源消耗与物质需要的综合比，而不是任何时候都会把最先进
的产品大规模地投向社会，他们知道这样做会导致全社会财富
的浪费，如5G产品的研发很早就产业化了，但并不是所有城市
都在建设5G基站，也没有极力推广5G终端的升级，很多地方
一直沿用4G产品，城市以外的偏远地区，5G信号覆盖也不是
面面俱到。他们追求的是适度和环保，这无疑是在引导人们节
约自然资源和个人财富。

纵观西方三四十年的物价变化，我们能够发现日常物价基
本保持在一个很低的通货膨胀基础上，货币能够保持持久的竞
争力，这样的结果是社会在现代化高档物质增长和公用设施的

更新方面注重适度发展，没有走物质极度高档化的快速提升之路。近些年，我们看到的与科技快速发展相背而行的是，西方发达国家没有更多地建起新的高层建筑、新的高速公路及一流的公用设施，没有加快淘汰正在使用的更早一些年份购置的固定资产和产品。这也给了我们一些启发，我们也需要思考一系列的问题：社会投资是否需要几何倍数的增长？消费品和电子产品是否越快更新越好？住房是否十年二十年就需要重建？驾驶的汽车是否三五年就应该更换？消费升级和促进消费是否要不断快马加鞭？

地球的生态资源是有限的，而人类对财富的追求是无限的，应该把有限的资源和财富发展控制在一个适度且匹配的合理区间内。社会发展应该有一个与整体现状相适应的增长速度，并不是越快越好，不应急于把需要几代人做的事压缩在一定的时间段内全做了。这可能是享有决策便捷、快速优势的公有制国家，在贯彻可持续发展理念时的一个必要思考维度吧。

城市中心的墓地公园

　　老同学PINGPING移民加拿大已经三十多年，住在温哥华高贵林市中心，她盛情邀请我们去她家做客、小住，并跟我们聊了很多在加拿大生活的体验。

　　在她家，我们先是很快认识了他们的猫咪，那只可爱又懂事的大白猫。我们刚来的时候，这只大白猫一开始总是"猫"在一旁观察我们的一举一动，但第二天就慢慢和我们熟悉了，它经常悄悄地钻进我们的屋，进了屋并不急于向屋里走，而是站在门口继续目不转睛地观察我们的行动。记得当我们快要离开的时候，大白猫已经不把我们当陌生人了，它会大胆地当着我们的面跳到桌子上找吃的，主人发现后跟我们说过去这只大白猫可不是这样的。我想猫咪应该是看到我们来了，它的朋友变多了，就像小孩子有大人撑腰似的，胆子变得更大。我随身带来一个坐垫，平时就放在高凳上，离开时我们把它留在了同学家。后来这只猫会每天坐在垫子上，一坐就是许久，同学把这件事告诉我们，说这是大白猫对朋友的思念。哈哈，猫咪也是有感情的，可能是因为只要看到它饿了，我们就会拿猫粮喂它，此时它就会望着我们，是等待还是感激不得而知，总之，眼神中满满都是我们能为它做点什么的期望……动物之间的感情就是这样，相互依存就会愿意付出更多。

PINGPING 家周围没有什么店铺，出门就是马路，街角就是城市中心公园。家门口的路人并不多，偶尔有公交车经过，半小时左右一趟，非常准时，我们外出乘车从来不用担心堵车。屋前楼后的树木和花草在不同的季节展示出各种颜色，令在家中的人们如同置身于花园之中。那天，我们从这个公园散步回来后问同学："为什么城市中心的公园里会有这么多墓地呢？" PINGPING 告诉我们："加拿大家庭的亲人离开后，一般都会在靠近自己家的墓地安葬亲人，为的是和亲人相依，这是一种情感寄托。"这种做法与中国的陵园规划确实不一样，体现了东西方的文化差异。国外的墓地就建在居民区内，属于风水宝地，逝去的亲人依旧在周围，人们觉得还是和过去一样，而中国的墓地会建在离城市中心稍远的地方，想让故人的在天之灵远离闹市和喧哗，安静地长眠。

她家的隔街旁边是一个比较大的纪念园，PINGPING 的父亲就安葬在这里。圣诞节那天，他们一家人在节日来临时又来这里看望老人家，节前探望故人也是西方的风俗。纪念园里有很多野猫，孩子们和小动物追逐、玩耍，没有太多忌讳和讲究。PINGPING的父亲非常和蔼，对他来说，女儿出国是一件很好的事。他退休很多年后也随孩子一起来到加拿大，帮助带孙子辈，离开故土久了难免感觉有些惆怅，但看到孙子辈一天天快乐地长大，能够享受天伦之乐，老人内心更多的还是释怀和开心。老人家后来因心脏疾患在国外离世，女儿始终在他身边，亲人们永远陪伴着他。

东西方的文化差异还体现在生活的很多方面。西方人日常更喜欢自己动手做手工活儿，而不是付费在社会上找服务机构。一方面是因为人工费太贵，请人上门修理花费太多；另一方面是社会上这种服务机构太少，人们习惯自己解决居家的一些杂事，自然而然锻炼了动手能力，这是生活带给每个人的额外收获。家家都有一个小的工具间，存放着各种各样的维修工具，平日修理木制品和电器，甚至房屋改造也都是全家一起上阵。周末，一些街区能看到"Open House"（开放日）字样的挂牌，这不是卖房的牌子，而是开放展览自己的房屋。这些公开让人参观的居室和院落很多是因为历史悠久，主人乐于定期自豪地向参观者开放展览。来参观的人越多，主人就越高兴，客人看得高兴，主人也就更高兴，这些有上百年历史的建筑里面并没有太多现代化的摆设和豪华装饰，但朴素和真实恰恰是他们认为值得让参观者欣赏的内容。主人在展览的同时还会印制一些彩色文字和图示，用图文讲述这些房屋的历史和主人的身世，如果来访者愿意与屋主聊聊天，他们会头头是道而又津津有味地说个不停，脸上洋溢的是无比的骄傲。

高贵林这个城市的北边就是著名的本纳比山，城市依山傍水，风景秀丽。向北望去是北温的重峦叠嶂，近处是菲莎河（Fraser River）在不息地由东向西流淌，登高而望，是俯瞰温哥华全景的一个绝佳观景点。这个城市中的中国人没有列治文市多，在商场和其他公共场所是需要讲英文的，但华人依然很多，从街景的房屋就可以看到不少房屋都是华人居住的，因为建筑通常都是精心翻修、装饰过的，从石材到门面都透露出主人的审美。中国人喜欢扎堆居住，有天生的自我保护意识，住得近会增加安全感。近年来移民的华人越来越多，他们还保留着原有的生活方式，并没有因为出国而完全改变，特别是老人跟随子女移民加拿大后，家庭通常由三代人构成，老人们还是过着自己习惯的退休生活。晚间，他们在家里看电视剧，这里的网络电视有一些国内热播的电视剧；白天，他们则会与国内的亲朋好友打电话聊天，他们的生活中通常也会增加一项任务，就是负责接送上下学的孙子辈。"国际保姆"这一词汇就是用来形容这些在国外照顾孙子辈的退休老人的。在多伦多万锦社区，有一位来自北京的姓薛的退休大学校长说："我们不是主人，不是客人，更不是佣人。一直没找准定位。"她的女儿在外国和中国两边忙碌，老两口既要打理院子和房子，又要照料孙女，但拿主意的事并不归老两口管。她自嘲没给加拿大增加医疗负担，也没有争抢加拿大的老年福利，就是去国外"解放劳动力"了。而孙子辈就是另一种生活方式了：他们渐渐接受了西方人的生活观念，在饮食、语言、爱好、交友和工作方面都在向西式快速过渡。中间这一代是家庭经济的支柱，他们不论是从国内带来资金，还是在国外工作挣钱，都是家庭中东西方文化的"过渡带"，化解家庭生活中的文化冲突，这些冲突是由家庭中不同辈分的人们生活的圈子和社交范围决定的。三代人的活动圈子各不相同，形成了每个家庭中式风格和西式风格的融合。新移民家庭中的中国元素会更多一些，而移民三四十年以上的家庭就淡化多了，这也应验了社会学家的一个鲜明的共识：移民家庭完全融入西方生活需要至少三代人的过渡才能完成。

周末时光

上个周末朋友们邀请我们去听音乐会，地点在鹿湖公园（Deer Lake Park）。在广场的草坪上，数千人一边野餐一边听高雅乐队的表演。温哥华交响乐队是一支有名的乐队，经常在露天公园为市民表演。

这个周末的活动是郊游，温哥华周边好看的风景太多了，我选的是去知名度颇高的海天高速公路（Sea to Sky Highway）走一趟，领略一段未知的西岸风景。加拿大国土被落基山脉（Rocky Mountain）分隔为东部和西部，水系分为两部分，山的东侧向东注入大西洋，山的西部向西流入太平洋。温哥华在山脉的西边，水流向西，随着季节的不同水流时缓时急，河流、湖泊遍地，处处是景，满眼风光。追溯海天高速公路的历史，这是一条首获当地编号的省级高速公路，1942年建成，2006年被英国《卫报》评选为"全球第五佳陆路旅程"。为配合申办2010年冬季奥运会，不列颠哥伦比亚省政府从2002年起对其进行改建。海天高速公路是久负盛名、风景如画的海边公路，开车从5号州际公路与99号公路交接处驶入，就来到了这条让人赏心悦目的大道。

这条公路是从温哥华通往惠斯勒的海边高速公路，沿途风光从城市景色慢慢变为自然美景。驾车行驶在海岸峭壁的边上，路途蜿蜒攀升，路的一边是魅力无限的太平洋豪湾，另一边是北美最长的沿岸山脉，碧波蓝海与陡峭山崖一左一右，仿佛置身于画廊之中。整条公路沿途有著名的公园、博物馆及历史小镇，目的地是滑雪胜地惠斯勒，风景包括不列颠哥伦比亚省最美丽的元素——湖泊、云山、森林、瀑布、海湾、峡谷，高速公路全程不过百余千米，风光旖旎，是自驾者的最爱。

清晨，我驾驶车辆穿过北温进入西温，行驶在海风为伴的海天高速公路上，窗外是壮阔的山海，远处是一座座连绵起伏的雪山，很快就到达了灯塔公园（Lighthouse Park）。这是一个海边的著名景点，公园非常安静，被森林环绕，数百年的大树拔地而起，被海水冲洗的岩石上的绿色青苔诉说着古老的过去。海涛拍岸，潮汐进退，听到的是海浪冲击岸边的一阵阵有规律的击打声。公园是由几条步道环绕、把山上和山下的小路连接起来的环形山丘，顺着山坡登上灯塔所在的一块巨大岩石，可以远眺碧波大海，聆听海鸟鸣叫。在公园中心仰头一看，就

　　惠斯勒小镇是温哥华著名滑雪胜地，冬季全世界的滑雪爱好者都会慕名而来。天然的粉雪、温和的气候，以及专业度极高的雪道，让这里享有盛名。

是标志性的石砌灯标，这是几百年来仍然在使用的一座几十米高的灯塔，最早由英国人在1875年修建，1912年重建，指引着南北走向的船安全航行。在一个英文展示牌前，我看到了一段介绍"二战"期间这座灯塔作用的文字：日本偷袭珍珠港后，美国及盟军担心日本也会袭击北美本土，加拿大派出几十名军人日夜把守，为"二战"的胜利做出了贡献。内容有些夸张，当时的日本似乎没有这么强大的海空实力，即使能够远涉重洋，也已是强弩之末了。灯塔只是这里一个必须保证安全航行的要塞，并非当时战争时期的绝对重要位置和设施。加拿大西海岸更重要的战略位置应该在温西的角上，那是从太平洋登陆的一个绝佳地点，是东亚与北美大陆海上距离最近的登陆点。

在灯塔公园的高处沿着山坡下行，不时遇到年龄很小、一起蹦蹦跳跳的孩子，看上去也就四五岁，各自背着小双肩包。孩子们的家长一般只会留意最小的孩子的步伐，大一点的孩子就在前头带路。孩子们来回跑着，家长也不会提醒他们注意安全，好像非常相信这些孩子。我放慢脚步，一边走一边与孩子们交流，问问他们几岁、喜欢什么运动等，孩子们也都非常开心和认真地回答了我的问题，我发自内心地夸孩子们真棒。这里的孩子都是亲力亲为，家长一般不用帮助他们，孩子们可以独立完成任务，也享受解决困难后的喜悦，他们的自信和处事能力都能得到锻炼。路上我还遇到一个三岁半的男孩，他骑着一辆小型山地车在山上玩耍，山有一百多米高，妈妈只是在遇到非常大的坡时才帮助孩子把车子向上推一下，更多的时候就让小孩子自己骑。在山上骑车是很费劲的，越野骑行对这样的小孩子来说就更困难了，孩子骑得一头大汗，一直还是乐滋滋的，独立的品格就是这样练就的。

这个公园的几组礁石在海边格外显眼，风景也非常漂亮。海中点点白帆，映衬着远处的岛屿，摩托艇与汽艇在海面飞驰，舞起雪白的浪花，在阳光的照耀下闪闪发光。海面开阔，海风和煦，美丽的景色吸引游人驻足、拍照留念，远处不时还会有渡船运输往来维多利亚岛屿的人和车，这条客轮的航线是在北部马蹄湾（Horseshoe Bay）和南部措瓦森（Tsawwassen）往返。人们站在公园的礁石上，可以看到沿着海湾蜿蜒向北的海天高速公路，沿途有许多非常漂亮的景点，有马蹄湾、狮子湾、波提澳公园、盖瑞宝地公园、布莱肯代尔公园，还有爱丽丝湖、布罗姆湖、雏菊湖、阿尔塔湖、绿湖、白兰地酒瀑布、黑梳山，等等。这么多优美的景区都是温哥华人周末开车带家人常来游玩的地方，也是徒步、垂钓、划艇、游泳、滑雪运动的理想之地。

西方人周末从事最多的活动是健身。简单一点的是跑步和到海（湖）边晒太阳；复杂一点的就是专业性的训练项目，如瑜伽、健美，这些都有教练指导；远一点的活动有徒步和爬山；沙滩排球和其他球类运动也很流行，社区有标准田径场等各种免费设施可供使用；也有不少人喜欢钓鱼，河钓和海钓都有明确的要求和规定，爱好者向政府登记、交年费，政府对钓鱼地域、可钓鱼类的大小和垂钓季节都有限制，符合要求的话，钓上来的鱼不用付费，违反规定就会受到重罚。最受欢迎的活动还是周末全家一起找个有山有水的地方烧烤（BBQ）。加拿大人每年最期待的就是出国旅游，会提前很久就把行程安排得十分周密，再早早地把往返机票预订好，等长假一来，全家就一起外出，奔赴邻国或其他大洲，这可能是他们一年中最开心的时刻。

西温和北温

　　温哥华是世界公认的滑雪胜地，冬天气候温和，风轻雪柔，北面的高山阻挡了北极南下的寒流，让局部区域处在一个相对舒适的环境中。滑雪者穿着轻薄的外套而无须裹上厚厚的棉服，前往城市边上的柏树山（Cypress Mountain）和松鸡山（Grouse Mountain）。路程不长，一小时之内就可以到达，天然优质的雪道让迷恋滑雪的人们流连忘返。而居住在西温哥华和北温哥华的人们更是花上十几分钟车程就能上山了。西温与北温位于温哥华北部，地势明显高于南部，西面靠海，南面临河，两座城市都依山傍水，人居环境品质非常不错，也是温哥华一个世纪前最繁荣的地方，属于布拉德内湾沿岸最早开拓的地方，甚至早于现在的温哥华市，在整个大温地区也仅次于菲莎河上的二埠。开发初期，杜格拉斯杉（Douglas Fir）遍布北温，伐木业使这块土地得到发展。

　　如今，虽然这两座城市的经济水平已谈不上优越，但住在这两座城市的人们还是保持了他们固有的优越感。这里的交通不是很便利，只有两座大桥和轮渡与温哥华市中心相连，很多人还保持着乘坐轮渡过河的习惯。生活在这里的人要克服两大缺点：一是气候比其他地区低5—8摄氏度，由于房屋依山而建，坡度起伏大，冬天车道易结冰，大马力的车才好使；二是通往市区的几座大桥每逢高峰必堵，排长队等候过桥是家常便饭。所以这里20%的居民是退休老人，不必通勤上班。本来曾有加修跨海大桥的动议，但西温的居民强烈反对。为什么这种有利于北岸居民的动议会受到反对呢？理由很简单，他们认为北岸之所以居住品质优越，就在于人口稀少，自然风景未受太多人为破坏。如果加修大桥，交通方便势必造成大批居民迁入，会相应地增加各种商用甚至工业设施，这样就会破坏北岸的宁静，从而导致居住环境恶化和房价下跌。

在整个温哥华区域，沾上"温哥华"三个字的城市有好几个，很多人会弄错。有温哥华市（也是我们常说的市中心），市中心南面叫"温西"，而温哥华市向北过狮门大桥后就是"西温哥华市"和"北温哥华市"（简称"西温"和"北温"），这里西方人居多，是多年生活在温哥华的老人，而西温和北温非常符合人们居高观海的居住理念。令人羡慕的风景使得现在的房价也更高，房屋类型大多是别墅，一栋别墅的价格通常在四五百万加元以上。

1号公路与99号公路将这两座城市环绕和贯通，18号高速公路出口就在北温的正中央，向南便可以开到码头，这个码头就是从温哥华市中心坐轮渡到达北温的地点。北温哥华山地居高，可以朝南一眼看穿温哥华广阔的原野，而西温哥华则是依太平洋东岸边的山体而建，海岸线极长，从早到晚可以听涛和看海，假如沿着海岸路（Marine Dr.）一路向西，沿一个个海湾绕过去，波光粼粼，可以极大地满足人们对观海的无限向往。西温和北温相连，风光绮丽，很多自然景色与人文景观天衣无缝地融合在一起，有自然良港马蹄湾，有历史悠久的灯塔公园，还有可以驱车盘山而上走"Z"字的柏树山。无论你是去滑雪，还是去爬山，或者就是过过赛车瘾，柏树山都值得一去。在拥有高大柏树的森林中穿梭，猛踩油门呼啸而上的感觉很爽，越上到高处，空气越清新。从山顶由北向南鸟瞰温哥华，跨过菲莎河可以看到斯坦利公园（Stanley Park）和狮门大桥（Lion Gate Bridge）。

北美的阳光让这里的树木在超长的日照下长得极为粗壮、高大，植物和动物也都比亚洲的硕大很多。北温哥华市可供游玩的地方更多，松鸡山不仅是滑雪佳处，也是徒步登山者的最爱。沿着卡普兰诺（Capilano）这条线路一直奔北，经过卡普兰诺索道吊桥公园的门口，这个公园有号称世界最长的400多米的索桥，两岸隔湖，森林和湖面把一切都包裹其中。再向前行，就到了克里夫兰公园（Cleveland Park），这里最为知名的是一座一百多年前开始修建的80多米高的大坝，大坝拦截了上游山涧的清流，与冬季丰润的瑞雪和夏季洁净的雨水汇集，形成了天然高山湖水，哺育着下游祖祖辈辈的温哥华人，也被称为世界上最好的三处水源地之一。山水湖面非常清透，远处高高的雪山与绿色的山峦构成一幅壮观的山水画。从大坝上可以走到坝底，如果游人接近从数十米之上的闸门口奔腾而下的湖水，会感觉特别壮观，巨大的水声在幽静的山谷中发出巨响，俯冲而下的水柱猛烈地冲刷和击打着硕大的岩石，让人们充分体会磅礴走泥的威力，再次感叹古人在没有先进科技的情况下如何建造了这个奇迹般的大坝，展现出无穷的智慧。这条大道也是去北部滑雪场的必经之路，直通松鸡山深处，朋友们冬天总是去那里享受加拿大冬季冰雪世界的乐趣，银色画卷是温哥华人的骄傲和自豪。

西温和北温原来是同一个市镇，19世纪60年代，塞维尔·慕迪（Sewell Moody）于慕迪维（Moodyville）设立了一座水力伐木场，随后，邮局、学校和村落如雨后春笋般出现，北温也正式成为一个市镇，范围遍布布拉德内湾整个北岸。后来，政府因财务问题破产，导致西温区脱离北温而自组成新的市镇，北温市的面积也大幅缩小至现在的市界线内。北温市的财务问题，某种程度上是开发市内崎岖的地势和临海处的沼泽地区造成的。后来市内铺设了有轨电车系统，但时至今日还是没有修建地铁，工业产业也几乎没有。在老人们的记忆中，给市内工人提供就业机会还是一百多年前修建瓦莱斯船坞（Wallace Shipyards）和太平洋大东方铁路（Pacific Great Eastern Railway）之时。"二战"期间，造船业的兴起带动了之后房地产业的兴旺，最初建造了工人的住宅区，安置船坞工人栖息。建筑潮一直持续到战后，地理位置优越让西温和北温渐渐成为热门居住区，一代代西温和北温的祖先就这样繁衍生息并保持不变的自尊。

乘坐公交穿行大温

　　都说要了解一个城市，就去乘坐公共交通，不仅能转遍各个角落，还能感受市民的平常生活和市井文化。温哥华多由岛屿相互连接，十几个城市加起来的面积还真不小，这块大片的城市群被人们称为"大温哥华地区"，通常被叫作"大温"，包括15个市区镇，它们分别是西温哥华、北温哥华、温哥华西区、温哥华东区、穆迪港区、本纳比区、高贵林区、枫树岭区、密讯区、新威斯敏斯特区、列治文市、三角洲市、兰里市、素里市和白石镇。

　　温哥华的公交网络十分发达，搭乘地面公共交通可以抵达大部分市内旅行目的地。当地的主要公交系统包括普通巴士（Blue Bus）、地铁（Sky Train）、公交船（Sea Bus）和西海岸快线（West Coast Express）。公共交通被划分为三个区域，即Zone 1、Zone 2、Zone 3。在这三个区域内搭乘公交的票价依次递增。市中心属于Zone 1，西温、北温、本纳比、新威斯敏斯特和列治文市属于 Zone 2，其他地区属于 Zone 3。乘客搭乘公共交通前需要先确认自己的活动区域，如果只是搭乘公交车，那么不存在跨区域的问题，公交车均被视同在 Zone 1 内运营；如果搭乘地铁或公交船，要明确区域并按照区域费用购买车票。

关于购票的规则和细节有很多，诸如周一至周五下午6点30分以后和周末及法定节假日时间段，只需要以 Zone 1 的价格就可以在各个区域通行，这算是鼓励人们错峰乘坐公共交通的一种优惠政策。当然，对于5—13岁的儿童以及65岁以上的老年人，价格都有优惠；而14—18岁的未成年人，就需持含有照片和出生年份的有效身份证件才能购买优惠票；5岁以下的儿童是免费的，至于年龄是不是符合条件，全靠人们自觉。

Zone 1 票价为2.85加元，Zone 2 为4.10加元，Zone 3 则为5.60加元。我发现票价要精确到小数点后两位，说明加币中的几分钱还是很有价值的，不容忽略。跨三个地区和通往机场的票价稍贵一些，一般是10—15加元。公交车票有日票（Day Pass）和公交卡（Compass Card/Compass Ticket）两种。公交单程票可以在90分钟内多次使用，即便换车，只要出示车票仍然可以直接搭乘，不需要再买票。车票可以在公交车、地铁、公交船（非优惠时段的 Zone 1 内）通用。

　　大温仅有三条地铁线：加拿大线（Canada Line）、发现线（Expo Line）和千禧线（Millennium Line）。地铁途经市区内中心部分，游客搭乘最多的是加拿大线，这是一条连通市区南北与温哥华国际机场（YVR）的地铁线路；发现线是环线，经过的市区站点最多；千禧线主要是东西之间的连接线。地铁快捷、准时，是跨区最重要的交通工具。

　　公交车的运营都在Zone 1价格范围内，搭乘任何公交车（不换乘地铁、公交船的情况下）不用考虑区域差价的问题，可以前往市区内大部分的景点和公园。公交车的颜色是黄蓝色，车头前有一个铁架子，可以收起或放下，这是让骑自行车的人改换公交车时放置自行车的专用架子。站与站之间的距离很短，如果无人上下车可能会出现甩站的情况，所以在准备下车的时候，乘客要提前使用车上的"停车"（Stop）按钮或拽动车窗两侧的黄色绳子，用响铃提示司机前方站点有人下车，避免甩站。我特别注意到这根供下车人拉动的绳子，拉动一下，司机座位上方提示有人下车的灯就会亮起。乘客都会在下车前很礼貌地对司机说一声"Thank You"（谢谢）。如果车站有一辆以上的公交车停靠，候车的乘客会自觉排成一队，等公交车抵达后再根据是开往哪个方向的公交车重新调整排队顺序、依次上车，不搭乘此班车的乘客原地等待，大家默默无声地在车站候车，秩序井然。

骑行在温哥华十分受欢迎，连地铁上都会留有供乘客将自行车一并带上地铁的空间，很多公园、公路都特别设有骑行专用道。旅行者可以使用共享单车感受骑行的乐趣，一日骑行通票价格为9.75加元，可以在24小时内无限次骑行。由于本地出租车司机的强烈抗议，在温哥华暂时不能使用打车软件UBER叫车。如果需要乘出租车，最好的办法是在街头招手或通过酒店前台电招。温哥华的出租车起步价为3.2加元，行驶54.44米后（来自官方价格公示）开始计价，每千米加收1.84加元。按这一计价标准估算，从机场到市中心大约需花费30加元。

在大温的几个地区穿行，能够感受到各个城市的风格各异。新威斯敏斯特（New Westminster）是一个我一直觉得比较神秘的地方，这里曾是不列颠哥伦比亚省省府，是一个水岸城市，有几座大桥跨过市区上空，城市保留着传统建筑和老旧街道。在市中心地势比较高的区域有块墓地，是能够看到海的墓地。素里（Surry）是印度裔密集居住的城市，有一次我驾车穿越素里市区，城市中间有巨大的森林，大街上的商店不多，听说这里时常有一些案件发生。途经此处感觉环境很好，比列治文市更安静，华人也更少一些。华人主要还是居住在列治文市，在这里能品尝到最多的中国味道，城市中有很多来自亚洲

新威斯敏斯特市一个巨大的城市雕塑，以废弃的空集装箱组成威斯敏斯特（Westminster）第一个字母"W"的造型，位于弗雷泽河珀特罗大桥旁。

各国的居民，他们带来了家乡的风味特色美食，其中香港人和广东人最早来到北美，在此后的一百多年，慢慢有更多的亚洲食客移居此处。在街头能够看到的餐饮品牌非常齐全——顺峰、海底捞、田师傅、上海城隍庙——中国的餐饮品牌似乎都没落下。北京烤鸭、四川火锅、广东海鲜、山西拉面、烤全羊、新疆菜、饺子、台湾猪脚、东北粥面，华人家喻户晓的各色菜肴应有尽有；韩国泡菜、马来西亚风味、越南粉面、日本料理，这些亚洲美食同样一应俱全。吃在温哥华，这话真是一点不假！近年来餐饮价格越来越贵，记得2013年我刚来时在西敏高速公路有一家"紫金城餐馆"，北京人开的，菜色不错，素菜大概几加元，荤菜10加元多一点，今年再一看，至少涨了40%。"渔人码头"在史提夫斯顿小镇，温哥华人特别喜欢这个码头，每天渔船回港都会带来人们平时爱吃的虾、蟹、三文鱼、黄鱼、石斑鱼等应季海鲜，一些鱼虾都是可以生吃的，特别是三文鱼，一边卖，一边吃，让食客们大呼过瘾。

从列治文市向南就渐渐远离市中心了，地铁不能通达三角洲市、兰里市、白石镇这些远一点的地区，只能驾车或乘坐班车、大巴往来。

新一代与老移民

　　20世纪80年代，改革开放带来了中国大陆的移民潮，不少人先是出国读书，接着就顺势移民国外了，这是新中国历史上第一次有一定规模的移民潮。在那个年代，出国是一件让乡亲邻里十分羡慕的事，虽然出国的机会和方式各不相同，但很多人从决定出国到出境的那一天仍然是迷茫的，促使他们移民的想法很简单，那时国外的物质条件比国内好很多。可外面的世界究竟是什么样的？出国以后自己要如何发展？不仅长辈们说不太明白，恐怕自己也说不清，反正年轻就是资本，不用想那么多。至于"移民以后将失去国内的发展机遇""家中父母年龄大了谁来照顾""能否适应国外文化环境"等问题更是不会想到，先出国再说吧。时光如流水，转眼四十年过去了，移民国外的人们已经是老移民了，他们的生活是怎样的？又有什么心情和感慨呢？

　　一个周末，我在温哥华西温市罗德斯公园（Roders Park）

与从中国移民加拿大的一家人外出野餐。两家人带了自己做的中餐和西餐，西餐是意式面条拌沙拉，中餐是自制的南京特色盐水鸭，还有蛋糕、面包和加拿大又大又甜的草莓、李子和杏子，两家人边吃边聊。旁边的海鸥也想吃，但这里的法律规定不能投喂动物。在北美生活的人要了解这项规定，因为投喂动物的行为轻则影响动物的饮食习惯，重则造成动物死亡，同时也会对环境不利。言谈间，我的这位朋友很感慨，他现在是一家知名国际公司的高级白领，年薪10多万加元，生活质量在加拿大同龄人中也算是优渥的，但他觉得自己在中国的职业发展或许会更好，因为与当年毕业后一起留校工作的同学比，那些能力比他弱的同学如今已经在系里或大学担任领导职务多年了。

我们知道这样的对比不准确也不恰当，但有这样想法的移民还真不是少数。我还有两位朋友，一位在美国，另一位在英国，其中一位出国后读了博士，但这些年他们与中国的朋友联系很少。听接触过他们的人说起，他们在国外生活平稳，温饱无忧，但几十年如一日，没有更好的发展机遇。看到国内这些年发展速度之快，还是有强烈的失落感。他们当年有的提前考入名牌大学，不仅是全校的尖子生，还是前途无量的新星。但在国外，不管是职场还是研究机构，华人的发展机会还是少之又少。他们在感叹中国发展机会多的同时，也为自己可能错失了更好的前途而叹息。

我还记得2008年北京奥运会期间，父亲的老友带着孩子一家来北京观看比赛，老人的孩子与我年龄差不多，早些年出国发展，这次回国看到国内的变化，说了一句心里话："现在国内这么好，真不用移民了。我们和孩子在国外已经习惯了，回国后已经不知道该怎么与人交往和重新起步。"他们并不想一直生活在国外，但时间已经改变了人的思维方式和生活习惯，确实只有少数人有勇气回国重新开始，他们的孩子也已经离不开国外的环境了。

很多朋友出国后一路艰辛，从奋斗事业到培育孩子都只能靠自己，一家人单打独斗，不像国内的人可以有家庭、父母和街巷邻里的帮助。随着父母年事已高，他们远隔重洋不便回国陪伴老人，心里留下无法弥补的遗憾。每每说到这里，他们也会伤感、哽咽。

出国以后，这些朋友的发展还是很出色的，但国外的文化环境与国内不同，华人在国外更是小心谨慎。他们年复一年地生活于此，内心一直怀念年幼时中国的熟悉环境，在关注中国变化发展的同时也常常将如今自己在国外的生活与之对比。我们也看到近年来中国有很多成功人士选择移民，他们带着自己的孩子来到国外，孩子从小生活在中国，需要尽快熟悉国外的文化和环境，产生了很强的陌生感和不适感，甚至在中国所学的专业都用不上，语言问题和适应能力都使他们在出国发展后很难做出从容的选择，这从某种意义上来说是一种浪费。他们的心情起起伏伏，难以平复。

中国的经济发展带来了物质和财富的快速增长，大中城市的人们开始富足起来，便出现了一个新的名词——投资移民。区别于改革开放初期出国求学的年轻人，这个词语指的是在中国有一定积蓄并带着大量资金出国的移民。我在加拿大认识了一位来自广东的投资移民，男主人在中国有自己的建筑公司，生意做得很大，孩子来到加拿大留学、工作。家长一方面要兼顾中国的业务，另一方面还想照顾在国外的孩子，于是就让孩子的母亲来加拿大常住、陪伴，但这位母亲不懂外语，开始时由于语言不通，出门都紧张，这种战战兢兢的生活不如在中国悠哉，平日里只能干些家务，对她来说很无聊。这种生活模式要求父母有较强的适应能力和接受能力，真不是在国外买一套大房子住下来，就能够把所有问题都解决的。

在中国传统家庭观念中，主要还是长辈迁就孩子，为了孩子的未来，家长们什么苦都能忍受。进入21世纪，移民中很多的中国家长都是为了孩子的学业和工作放弃了自己的全部，一心跟随孩子来到异国他乡。问及他们移民的原因，答案就是一条——为了孩子。我们能够看到这种出国陪护方式已经不是个别现象，这是一种对孩子未来有着深厚寄托的做法。同时，他们对孩子呵护有加的背后，是对孩子出国深造的焦虑，带来极大的不安全感。那些自称"国际保姆"的长辈，一方面担忧孩子长期生活在国外的文化氛围中，会淡忘中国传统道德礼仪；另一方面恐惧孩子会受到西方文化糟粕的侵蚀，在交友中迷失自我。种种担忧让家长们在陪伴孩子成长的过程中采取处处跟随的陪护方式，如同他们在中国照顾独生子女一样。每到寒暑假，他们甚至会把孩子送回国补习文化课。家长们常说，出国后就怕孩子忘记怎么说中文，数理化水平无法达到中国的标准。可以确定的是，这种现象是近年来中国经济发展带来的又一个新变化——每年有大量的小学生和中学生出国留学，更多的还是大学生和研究生，他们每人每年给国外贡献几十万元人民币，同时也给国外输送了无数的知识青年和人才储备。他们中的不少人从此留在国外发展和生活，成为新一代移民。他们使上一辈出国生活的梦想得以实现，也给他们的家庭带去了新的焦虑和不安。面对这样的现实，我们需要扪心自问：出国前我们想清楚了没有？出国为的是什么？出国的必要性和对一个家庭的影响又将会是什么？

原住民的家园

前两天，我去温哥华继续学院（Vancouver Continuing College，VCC）参观。这是一所职业学院，入学和毕业要求都比较严格，必须有相当于初中水平的考试合格证书才能入学，并且要达到学院规定的学时要求并通过多门学科考核才能顺利毕业。相对宽松的是年龄和时间限制，也就是说，只要是加拿大居民，即使八十岁也能入学。学院所设学科非常广泛，从烹饪技术、点心制作到中西配餐，从牙齿护理、瑜伽健身到运动医学，数理化学科、文学写作等也是必备的基础内容课程，只要是社会上有的工作分类，这所学校就有相应的课程可供进修和学习。因此，这里是各国移民找工作前常来学习的职业学校。由于入学时英语要达到中学12年级毕业生的水平——相当于雅思（IELTS）6.5分，起初对于中国的技术移民及投资移民来说也不是轻而易举就能被录取的。在这所学院经过职业培训获得职业资格证书后，就可以直接求职或创业了。

　　我在这次参观中第一次接触到原住民的概念，见到了一些专门为原住民设置的课程，帮助他们尽快适应社会。这里有原住民享有的超过普通居民的特别待遇，比如免费学习或者介绍工作。

　　加拿大原住民指的是印第安人、因纽特人以及梅蒂斯人，他们早在欧洲殖民者入侵北美前就一直在这片大地自由自在地生活。探险者进入北美后，为了稳定殖民管理，把原住民赶入所谓的"保留地"，甚至杀害了很多抵抗的原住民，强迫原住民子女从小进入"寄宿学校"，目的是根除原住民民族文化，同时以欧洲文化加以同化。经过长时间观察，此举并没有让原住民的生活方式发生根本改变，反而使他们在身心等方面留下巨大的创伤。甚至到了今天，原住民这个词语在北美还是具有非常敏感的、带有殖民压迫的含义，加拿大政府也想为原住民提高生活质量和融入社会创造一些条件，有很多社会援助组织从各个方面帮助原住民的后代享有和其他居民一样的待遇和福利。

　　今天有点下小雨，我们还是开车去了温哥华南边的措瓦森镇，前些天听说那里新开了一家奥特莱斯（Outlets）。在温哥华，这样的奥特莱斯有好几个，温哥华机场、新威斯敏斯特、列治文都有。这里国际品牌的服饰比较便宜，几十加元可以买到两双非常不错的旅游鞋。我曾经去过北温始祖鸟

（ARC'TERYX）的奥特莱斯，这是加拿大家喻户晓的名牌，也是世界顶级户外运动品牌之一。每当这家奥特莱斯有促销活动，很多人会早早地排在店门口。我亲眼看到过一个景象：门店10点开门，8点就排了几十人。这次我虽然没有买到什么物美价廉的东西，但游走于这个原住民居住的小镇，收获了许多历史知识。

这个小镇三面临海，位于加拿大最西南的方向，有通往维多利亚岛的轮渡港口，坐拥北美最大规模的渡船摆渡终点站（Tsawwassen Ferry Terminal）。Tsawwassen就是取自当地原住民的语言，意为"面朝大海"。四千多年来，原住民就在这里安居乐业，直至今日这里仍有大片的原住民保留地，面积达700多亩，农耕特色也延续下来。这里只有2万多人，其中原住民的后代已经不多了，移居这里的人以精英白人为主，社会治安良好，属于典型的白人富足社区，周边有宜居的环境——海滩、森林、草地、沙鸥、水禽，一派自然风光。

根据2006年人口普查，加拿大原住民约占总人口的3.8%，其中包含近70万第一民族子嗣，近40万梅蒂斯人和5万多因纽特人。这三部分人中，第一民族子嗣是生活在南部的印第安人后代，以打猎为主，占原住民的比例很大；二是梅蒂斯人（早期印第安人妇女与白人同居或后期婚配所生后裔）；三是生活在北部的因纽特人，以捕鱼为主，占原住民的比例较小。加拿大的国家代表人员机构也包含了原住民国族联合议会、因纽特团结组织、梅蒂斯部族议会等组织，在一定程度上代表了当地原住民的意见。原住民的某些地区也可以局部地依赖自己的传统律法和管理方式行事。在加拿大就业平等法之下，原住民族是一个被指定为包含女人、可见的少数民族和弱势族群的团体，社会上也在努力保护他们的权益不受损害。6月21日是加拿大原住民的民族节日，身着亮丽民族服饰的原住民会齐聚温哥华市鳟鱼公园庆祝属于他们的节日。加拿大原住民节始于1996年，旨在宣传、推广原住民的文化遗产和贡献。从传统意义上讲，每个原住民族群都有自己独特的语言文化和信仰。

温哥华经常有一些工作推荐会（Job Fair），我也走访过，这样的求职会也会为原住民安排就业设置醒目的标志，虽然有些推介会的规模只有30人，单位的展台加起来不到10个，但职业跨度很大，有咖啡制作、鞋业生产，有机场服务、仓储搬运，还有园林维护和安保执勤。一些社会联谊组织会主动担当中介搭桥，帮助移民和就业困难的人们找到他们能够发挥能力的生产和服务部门，"列治文多文化社区服务组织"（Richmond Multicultural Community Service，RMCS）也是这种无政府背景的中介。全社会确实在尽力帮助各类需要就业的群体，包括对原住民给予的特别关注。

世界各国的移民在同一片蓝天下创造出多民族的和谐景象，亚洲、欧洲、南美洲、大洋洲，不同肤色、不同背景、不同文化的人们就是依靠文明的灯塔才在一起相容相守，原住民和移民一代又一代地繁衍生息，吐故纳新。他们和各国的移民共同生活，既是人才会聚，也为社会注入新鲜血液。一点点的改变都是活力和创新的显现，也是对旧的制度和体系的完善与对公平公正的不断追求，有继承也有淘汰。一个国家和民族要想立于不败之地，守旧和创新都是需要的，而创新更为重要。经过时间的磨砺，历史对多民族融合这样的人类发展现象终会有一个理性、客观的评价。

LINC 6

我在本纳比市的一个华人朋友前些天收到了LINC 6开课的通知——9月1日9点报到，6日开课。LINC课程是政府举办的英语等级培训，是由政府出资聘请教师免费给来加拿大就业的非英语母语国家人士集中进修英语的项目。学习前需在语言服务中心参加等级评定测试，便于按英语水平分班，让人们尽快适应当地的语言环境和日常生活，参与劳动和就业。学习时间为至少一年，从中国来的人一般英语水平在四级到六级之间，参加的人比较多，即使顺利报名，通常也要在登记系统里排队等候1—3个月才能等来开课的通知。

这位朋友上了一周的英语课，周末在电话里大呼："太累了。"他说从周二到周四只上了三天课，仿佛上了一周，已经很长时间没有这样天天规规矩矩地坐在课堂里听课，一分一秒都比平时慢。有时真的觉得这样的体验有点受不了，但想想也是一种难得的深入了解社会的机会，也就忍下来了。课堂节奏看似不快，注意力却一点都不能分散，神经绷得很紧，原因是老师用英文授课，一下难以适应。

他的老师是一位从荷兰移民加拿大的女性，腿有残障，课间学生们都会抢着为她做点什么。在国外，这种帮助是要有分寸的，全凭"礼多人不怪"的热心是不行的，不可以让对方感到弱势和无能，而应该是平等的。她叫伊万，年龄在四十岁左右，几乎所有的日常事务都由她自己来做，她脸上的自信和乐观让人从来不会感觉到面前是一位残障人士。班里有24名同学，其中只有4名男士。开学前两天，大家相互打招呼认识。课堂上很多训练都是以小组进行的，通常2人或4人一组，针对书本和老师的问题进行对话和交流训练。和国内不一样，课堂上发给同学的课本下课后还要收回，资料只能在集体环境中使用，确保使用效率和妥善保存，符合环保和节约资源的要求，学生是不能在书上做任何笔记的。

LINC 6是免费课程的最高阶段，学期中不断有新学生加入班级，也会有学生在一个学期结束后就不再来的情况。毕业标准由各种评估结果决定，据说这样的测试需进行32个，要把这些都做完才能顺利毕业。学生的毕业时间是由学生与教师商定的，教师认为可以毕业了，学生就不用再来上课了，学生即可获得一张印制精美的毕业证书。如果还想继续学习七、八级课程的话，就需要缴费进入新的机构。

刚开始上的几节课的主要内容是关于对英语学习认识的表达，话题随着老师的授课不断变化，回答时没有时间让你思考。平时课堂以听说为主，读写不是很多，讨论内容非常丰富，比如涉及日常活动的英语聊天，会从你可能经历的不同场景和对话开始，讲到如何过渡、如何深入；扩展到一些专业场合中的内容，也会涉及社交活动中如何避免一些敏感话题，怎样做到话题内容与场合匹配；还会细分到应用性非常强的日常生活场景，比如如何拨打911报警、如何向家庭医生描述病症、如何在商场与营业员沟通退货事宜，甚至连各种节日的风俗也会一一说起，给予初到异国他乡的人们很多生活上的指导和帮助。

我的这位朋友知道我很喜欢了解这些国外生活中的细节和趣事，就经常给我讲他们班里的新鲜事。培训课的教室在社区一所小学的旁边，老师告诉学员最好不要进入学校，因为国外对小学生的保护是非常严格的，不可以随便跟孩子聊天，更不能以自认为友好的方式与孩子进行肢体接触，出于对未成年的人保护才会有这么严格的限制。老师还指导学员来上课时怎么在周边停车、停车场满了怎么办、课间15分钟在什么地方休息，还有怎么请假（只能请两天以内），等等。

伊万老师授课非常专业，也十分敬业。她曾在不少地方给学生上课，英语发音非常标准，课堂安排很有章法，上课形式多种多样，学生们感觉在听说读写等各个方面收获颇丰。课堂上明确规定不能说母语，我的这位朋友有一两次不自觉地说了几个中文词语，老师好像听得懂，朝他看过来，接着就让学生在班上开展讨论，决定谁不讲英文就罚1加元。后来了解到这个讨论是教师对每个班级都会进行的一场教育，罚1加元也不是新发明，以往都是这么做的，通过这个讨论形式让大家养成自我管理的习惯。也有同学提出惩罚的方式是让违反规定的同学说英语，老师笑着说不行，因为这种方法会让同学利用这个机会获得更多讲英语的时间，他本人得到了锻炼，别人的时间却被占用了。

感恩节（Thanksgiving Day）到了，美国的感恩节是十一月的第四个周四，加拿大是十月的第二个周一，这个节日是南瓜的天堂。我的这位朋友说班上要组织聚餐，大家各带一点吃的，下课后聚餐。聚餐那天，他带我去了他们班，和同学们一起热闹热闹。我看到学生们带来了各种自制的食品，摆放在由课桌拼成的"餐桌"上，还真有西式宴会的样子。在进修英语的班上能够认识不少新的朋友，他们几乎都是投资移民，也有个别技术移民，学员相互交流中谈得最多的是培养和教育孩子的内容。

　　经过一段时间，课程就进入了深度体验和测试阶段。测试是通过录音的方式进行的，每位学员与另一位学员进行对话，自己把手机设为录音状态，放在桌上，录音后再播放，自己给自己评分，老师也会填写评分表和评语。这种方法能够让学员在高强度下进行适应性听说读写训练，使学员能够真实地了解加拿大的生活场景。这种身临其境的感受越多，对国外的陌生感才越容易消除，与外国人交流时才能准确表明自己的意思。经过 LINC 6 的培训后，我能够感觉到这位朋友在语言能力上的一些变化，以前他听旁边的人讲英语，但凡站得远一点就听不清楚，现在听别人讲话，站得远一点反而听得清楚，这是一种对正常语言交流环境的适应。我也回想起中国的英语课堂上，老师都是大声念单词和课文，语调和发音离现实状态比较远，在现实中人们是不会那样一个单词一个单词往外蹦着说话的。

耶鲁镇的火车头

在加拿大旅行，从西部的温哥华到东部的多伦多和金斯顿，很多城市都能够看到停放着的火车，都是摆放在市中心广场的中央位置，这些废弃不用却保持如新的火车头就是想告诉人们——火车在加拿大繁荣的历史上曾经有过无尽的荣耀。

在温哥华市中心由几条街围起来的区域称为耶鲁镇，其范围大致为罗宾逊大街（Robson Street）以南、东西荷马街（Homer Street）与堪比街（Cambie Street）之间的狭长区域，南边的尽头是福溪海滨。有人用"小清新"来形容耶鲁镇，它和隔岸相望的格兰威尔岛都是温哥华市内很有文艺气质的一片区域，格局有点像北京的"798艺术区"，深受年轻人喜欢。它与现代城市中的高楼大厦和西装革履完全不同，老旧窗棂有着质朴的古韵与岁月的痕迹，是在历史沧桑感中寻找现代气息的那种韵味。

该区前身为布满货仓和铁路车厂的工业区，1986年世界博览会后改建为高密度住宅区,现在这里是温哥华的时尚街区之一。从前的红砖仓库华丽转变成各种艺术工作室、设计师专营店,街面上有前卫的服装精品店、咖啡馆、夜店和各国风情的食肆酒吧,有人称之为"新新人类"聚居的地方。在戴维街夹太平洋大道的地方保留着一个挂着英国女王头像的老火车头,存放在一个圆形机车库(Roundhouse Centre)里,这里曾经是加拿大太平洋铁路(CPR)的中转站,1887年火车开通,首班载客列车374号进入温哥华,当年这趟列车374号机车的车头现在就存放于此。如今,旧的机车库房转盘被改成一个小型户外露天剧场,每到圣诞节就张灯结彩,在周围装上小火车道和小火车供孩子们乘坐,是温哥华最受欢迎的社区中心。

确实有一种说法:加拿大有两个公司创造了历史,一个是开发了东海岸的哈德逊湾公司(Hudson's Bay Company),就是现在仍然遍布北美、拥有百年历史的"哈德逊湾百货公司";另一个就是开发了西部的加拿大太平洋铁路公司(CPR),所有加拿大的历史课本都会提及CPR,因为这条铁路在兴建之初就被赋予连接东西海岸、完成联邦国家统一的重任。此前,美国已经在1869年修建了横跨美国的联合太平洋铁路,那条铁路饱受美誉,被称为工业革命以来"第七大工业奇迹之一"。

1867年7月1日,在加拿大的英国殖民者宣布在北美大陆东部的安大略省、魁北克省、新斯科舍省和新不伦瑞克省四个省组成联邦，建立一个新的国家——加拿大。1871年，联邦政府希望位于西海岸的不列颠哥伦比亚省加入联邦，该省当时提出的条件是在十年内建成跨大陆铁路，将其与加拿大东部连成一体。首任总理Sir John Alexander Macdonald（麦克唐纳爵士）认为美国联合太平洋铁路的成功给加拿大修建自己的铁路树立了榜样，决心"建设太平洋铁路以统一这个国家"，所要修建的这条铁路就是加拿大太平洋铁路（Canadian Pacific Railway），其网络横跨西部温哥华至东部蒙特利尔，还设有跨境路线，通往美国的明尼阿波利斯、芝加哥、纽约等大型城市。该铁路系统的前身是加拿大东部至不列颠哥伦比亚省之间的铁路线，于1881年至1885年间兴建，用以连接渥太华及乔治亚湾两地的既有铁路，实现了不列颠哥伦比亚于1871年加入加拿大联邦的回报承诺。这条铁路也是加拿大首条越洲铁路，以货运列车为主，曾有一段时间作为全加拿大唯一的长途客运运输工具，为加拿大西部地区发展带来了贡献。

这条铁路在过去的一百二十多年间曾获不少褒贬，也是加拿大极具争议性的民族主义话题。在这段辉煌与痛苦的历史中，有史书记载了华人劳工的斑斑血泪。CPR的主页上曾经记述过华工修建铁路的这段历史："没有确切的伤亡报告。目击者和报纸公布了可怕的照片，估计有700—800人死于建造这段铁路，占劳工总人数的5%—9%，其中大部分是中国人。"不列颠哥伦比亚省的华人媒体为这段历史总结的数据为"第一批，1880年（光绪六年），铁路公司在广东省聘请了5000名工人，亦在加州聘请了7000名华人"。也就是说前后聘请了12000名华人劳工，其中第一批从广东跨海而来的5000名工人在修完西部这一段铁路之后，只剩下"1500人"。仅仅在修建西部路段，就已经有3000多名华工丧生，这还没有计算从广东跨海到加拿大的为期一个月的海上旅途中因恶劣条件死去的华工。大多数媒体在引用这段历史时都说，在最艰难的路段"每一米铁轨下就沉睡着一名中国人"。有一份历史资料——就是1885年那张标题为"最后一个道钉"的照片——展现的是 Donald Smith 在不列颠哥伦比亚省的 Craigellachie 高举铁锤砸下了"最后一颗金色的道钉"，意味着把太平洋东岸与加拿大的心脏地区蒙特利尔连接了起来，标志着此跨大陆铁路完全建成，但照片上的无数面庞中却没有找到一张华人面孔。到了2005年，CPR才第一次把位于不列颠哥伦比亚省甘露市（Kamloops）的中转站命名为"Cheng"，也就是中文"郑"，以纪念那些做出贡献的华人劳工。

2001年以后，这条铁路被很多世界级旅行杂志称为"最美的观光铁路"，航线穿越落基山和班夫、路易斯湖等国家公园，观光客车拥有五星级的餐饮服务，最上层是360度全透明的车厢，乘客可以看尽落基山脉的湖光山色。虽然很多人都认为加拿大的历史存在感比较低，除了印第安原住民和欧洲最早横跨大西洋的移民外就再无历史可言，但加拿大人自己知道，他们的历史可以用一条铁路来书写。这条铁路有成长的艰辛和多民族文化的积淀，不仅横跨东西，还铺出了加拿大国境；这条铁路在历史上源源不断地为西部带来移民和各种建设物资，此后加拿大的西部才真正得以开发。

一个国家的历史有很多种书写方式，历史的美好与丑陋、光荣与耻辱、血泪与欢笑如此近距离地对视着、述说着、和解着。在离孩子们嬉戏的火车博物馆不远的几个街区，就是唐人街的上海巷和广州巷——一百多年前铁路华人劳工屈辱委身的地方。沿街还能看到拥有两三百年历史的老式建筑上挂着的门牌，这些门牌和牌匾仿佛还在倾诉着当年的悲惨故事。我们走在这段街区的马路上，看着匆匆而过的人们，留意到他们并非都像我们一样，会去细心关注这些历史的点点痕迹。

美加过境

　　7月4日是美国国庆日，美国纽约拉瓜迪亚机场（LaGuardia Airport）里虽然忙忙碌碌，却没有张灯结彩的国庆气氛，人们像平时一样该干什么干什么。这里的国庆除了有人会把国旗挂在自己家的窗户外，就没有什么动静了。我这次是从多伦多皮尔逊国际机场（Toronto Pearson International Airport）出境抵达纽约的，节日期间往来两国的人很多，在多伦多机场出境排了很久的队，入境美国的关卡也设在这里。这样一来，飞机到达美国机场后就不再有出海关边境的检查手续了，这也是美国边境管理局给加拿大人的特殊待遇。美国边检人员问了我几个问题，诸如为什么去美国、住哪里、住多久、联系人地址等例行问题。航班飞行时间很短，一个小时多一点就落地纽约拉瓜迪亚机场了。纽约有三个大型机场：肯尼迪国际机场（John Fitzgerald Kennedy International Airport）、纽瓦克自由国际机场（Newark Liberty International Airport）和拉瓜迪亚机场。我买票时最早想选从比利·毕晓普机场起飞的航班，但觉得是个小机场，其实是想多了。比利·毕晓普机场虽然属于一家私人公司，但整个多伦多岛的机场都是这家公司的，管理得很好。在国外有一条常识：很多私人企业的服务要比政府更好。只是如果选择从多伦多岛的比利·毕晓普机场登机，一个不太方便的因素是要乘坐轮渡通过一段安大略湖才能上岛。

从加拿大过境美国海关，每人可以携带一万美元，这一规定是非常严格的，是指身上所携带的全部钱款不得超过一万美元，包括口袋里的所有零钱。一开始，我并没有注意到这个问题，只带了5000美元并如实申报了，结果就被美国官员带进问询室。好在这个情况他们见得比较多，说明情况后海关也就放行了，但也并不是每位边检人员都那么友好，很多警察都会显露出一副傲慢的样子。

记得多年前我第一次从中国入境美国，飞机落地芝加哥机场，柜台边检人员看了我的入境签证，又翻了翻我的中国护照，护照里有一大堆花花绿绿的各国签证，他的目光停顿了一下，抬起头用眼睛打量我，问道："你是第一次来美国吗？"我回答："是的。"他很是疑惑地接着又问了几个类似"来美国干什么""住哪里"的问题，好像也没有什么其他可问的了，就在我的护照本上盖了章并夹了一个写有数字的小纸条，我以为没什么问题就去取行李了。就在我取完行李准备排队出安检门时，又走过来一位安检人员，想要再次翻看我的护照，然后就让我到一旁的台子上把行李箱打开，并问了一个刚才问过的问题："你是第一次来美国吗？"我还是回答："是的。"他又说："真的吗？"然后似乎不太高兴地走到行李箱的位置，看了一下箱子，没有进行任何检查，却又再次转身观察我的表情，可能是没有看到任何他想发现的疑惑和线索，才没好气地、重重地合上我的箱子，让我离开了边境大厅。这就是我第一次从芝加哥入境美国的经历，确实没有给我留下什么好印象。

　　他们为什么会问我同样的问题呢？这两位警察流露出的傲慢让人很不舒服。之后，我请教了美国的朋友，朋友看到我的护照内页有多次入境加拿大的记录，笑着说："你多次从中国来往加拿大，却至今才第一次去美国，美国警察认为不可思议。因为在美国人眼里，加拿大很一般，没什么值得去的，而来北美就应该先来美国，所以怀疑你在说假话。"我恍然大悟，确实一些美国人的眼里充满傲气，那种趾高气扬、不屑一顾的神情在美国各个边境大厅比比皆是。许多美国人就是认为美国比加拿大牛，加拿大是他们的后院，美国几乎没有移居加拿大的人，而很多加拿大人却憧憬去美国，这也确实是普遍现象。

　　美加两国的边境审核都很严格，后来有一次我从美国回加拿大，入境时又遇到安检人员的盘问。那次，我从温哥华开车去罗伯特角（Robert Point）游玩，罗伯特角是一块美国在加拿大的飞地，与华盛顿州隔海相望，要从加拿大国土上经过才能到达。那个位置在加拿大最西南的角上，属于措瓦森地区，从温哥华开车到达罗伯特角只要40分钟，但这个角完完全全属于美国国土。不少加拿大人因为这块飞地价格便宜，就把它作为接收包裹和信件的地址，据说会比使用加拿大本地地址省一些税。罗伯特角面积太小，开车20分钟就能转一圈，主要是一些游艇和物流仓库的所在地，但风景很不错，大海碧波千里，涛声悠扬回荡。我去的那天正赶上细雨霏霏，也是别有韵味，转了个把小时就开车返回，在返回加拿大边境时也遇到了边境安检人员提出奇怪的问题。他们问我去罗伯特角做什么，我说"Go sightseeing"（观光游玩），但安检人员不觉得这里下着雨有什么好玩的，特别是我的整个出境入境行程只有一个多小时，这么短暂地从加拿大到美国"出国"，也让他们感到不解，甚至怀疑我有其他目的。我也只能实事求是地说："就是去逛逛、玩玩，看看风景，中间加了一箱油。"安检人员还是不信，让我到问询室去解释，问来问去也还是那几个问题，问不出什么新的东西。最后安检人员看到我一脸无辜的样子，就让我离开了。

美国和加拿大接壤的边境线很长，陆路和水路都有，从东到西不下十个边境口岸，但陆路过境是最方便的。我从温哥华南边的"和平门"入境过美国，也在金斯顿东边的千岛群岛大桥与美国接壤的地方看到加美边境关口，往来加拿大和美国的手续就是盖个边境签证的印章，所以不少住在边境的加拿大人会在周末驾车一路南下进入美国，在美国吃自助餐，逛超市，买点便宜的美国物品，买几大盒比萨和可乐，再把油箱加满，玩到傍晚时分就可以返回加拿大了。

但是，一旦你的入境记录被边检人员查到或认为你可疑的话，此后每次入境，不管是从中国还是其他国家入境，你就会遇到被不断盘问的窘境。或许你并没有什么问题，所有手续都是合规合法的，但由于入境电脑中有一些对你的怀疑或其他不利记录——这种记录多是边检人员自以为是的错误认识——你在以后每次入境时都会遇到更严格的盘查，不管从哪个口岸入境都会让你去办公室接受问询。这种让你去走单独通道的"待遇"很耽误时间，虽然可能不会问太多问题，甚至连一个问题都不问就放行，但会破坏你的好心情。

美加边境温哥华一侧的"和平门"边检关口，排队等候进入美国的车辆队伍经常有几千米长。

体验夜航

　　每日从温哥华飞往多伦多的航班不少，夜航也有好几班，一些忙碌于加拿大东西之间业务的人就会专选夜航，既可以避免浪费白天的时间，也能在飞机上休息。我记得数年前夜航机票的价格也便宜，航程4000多千米的打折票只要100多加元。

　　我属于坐着无法睡好觉的人，但还是想体验一下国外夜航的飞行质量和舒适程度，同时还能俯瞰城市夜景。于是，我就在一次飞往加拿大东部的行程中选择了夜航，还特意挑选了一个中转航班，在埃德蒙顿转机。

　　西捷航空（Westjet）是加拿大的航空公司，在加拿大境内飞行的机型主要是波音737-700和737-800，机舱里没有特等舱，意味着乘客全程都只能坐着睡觉。加拿大对境内飞行的管理很宽松，安检和行李托运手续简单，只是托运行李的费用至少为25加元，这些廉价航空有一个惯例——不提供随行行李免费托运服务。

进入温哥华机场国内航班通道非常便捷，乘坐国内航班只要带上护照或其他身份（ID）证件、枫叶卡或驾驶证，甚至医保卡都行，但证件上必须有照片，这是国外的标准要求。航班大约在晚上10点起飞，登机后，客舱里几乎坐得满满的，人们一般都不说话，非常安静。机舱内的温度比较低，人们各自把毛毯盖在胸前，很快就在广播中传出"Good Night"（晚安）的声音。淡淡的灯光下，有人在看书和操作电脑，也有人更愿意看机上的影视节目，这些乘客的穿着都很随意和普通，看起来像是经常乘坐这一航班的旅客。

空姐的年龄普遍比较大，四五十岁的样子，加拿大航空公司对空乘人员的年龄没有限制，不只招聘年轻的服务员。社会上也不是只有年轻人愿意做这项工作，毕竟乘务工作很辛苦，单调、乏味，还要起早贪黑，无法规律地安排自己的生活。国际航班也一样，中年女性空乘人员的占比居多，岗位要求很高，加拿大空乘人员的服务质量好是旅行者们公认的。

飞机上的咖啡不错，是麦当劳的"McCafe"，配有含18%脂肪的奶油和含2%脂肪的鲜奶，可以请空姐按乘客的习惯加入咖啡中，"双倍牛奶"（Double Milk）是很多人的选择，这也体现了人们对加拿大盛产高品质牛奶的认可。小点心是比利时的"莲花"（Lotus）焦糖饼干，旅客们都很喜欢。很快，机舱里弥漫着咖啡和奶香。也有人请乘务员倒水，在国外，"水"（Water）指的是凉水，空乘人员会问乘客加不加冰，加冰是很多外国人日常饮水的习惯。但中国人习惯喝"热水"（Hot Water），这一习惯现在外国的乘务员也了解了，只要你说"Water"，他们就会直接递给你热水。

我转头看向窗外的夜空，看不到什么，再向机翼下面望去，也没有看到星星点点的城市灯光，原因是加拿大地域辽阔，城市不多，城市人口密度小。晚间在中国飞行，夜色中常常是灿烂的灯光，飞机不断穿行在一片璀璨的城市灯光上空，一片连着一片。跨过长江和黄河，可以看到飞机飞越的地区有着浓浓的人间烟火气息，而现在冷清的夜晚只留下飞机有节奏的轰响。

航班在加拿大艾伯塔省的省会埃德蒙顿中转，从温哥华飞行两个多小时就到了。由于时区的原因，这里比温哥华时间早一个小时，当地时间约为午夜1点，两个小时后才会再次起飞。这个时候旅客的兴奋感还比较强，中转的乘客先出机舱到候机大厅继续等候起飞通知。人们在机场转转坐坐，吃吃逛逛。候机大厅很大，多数商店还在营业，有一个大大的吧台围坐着不少旅客，他们喝着红酒或饮料打发时间。我在大厅走了一大圈，运动一下可以消除久坐的僵硬感，也想寻觅机场里有什么新鲜的东西，看到最多的还是各种纪念品和小挂件，多是棕熊或是枫叶元素的各种玩具。加拿大到处都是以枫叶或风景为基调的纪念品，枫叶的火红与蓝色大海、绿色山川构成明快的色彩组合。埃德蒙顿在卡尔加里的正北面300多千米处，卡尔加里是加拿大境内连接东西方向交通的十字交叉点。国内航班即使横跨东西，也基本是在四个城市之间飞行——温哥华、埃德蒙顿（或卡尔加里）、多伦多和蒙特利尔。而蒙特利尔再向东就是人烟稀少的东部海洋四省了。

很快又到了登机时间，还有一半的距离要飞。我也有点困乏了，喝再多咖啡也不管用，只想睡觉。一些欧美旅客还在吃甜点，他们对甜食特别感兴趣，但我吃多了会觉得腻。我坐在位子上还是睡不好，睡一会儿就醒了，于是就看看机上播放的电影。

天边开始慢慢地发白、暗淡，粉色变成深红，再过渡到火红，接着就是明亮，然后变成了蓝天。

多伦多机场很大，分国内大厅和国际大厅，T1、T3航站楼的旅客比较多。人们快速走出机舱和大楼，外面空气清新，阳光照耀下的多伦多清新淡雅。早晨6点40分，还没到上班的时间，候机大楼外车流和人流都很少。加拿大人口主要集中在温哥华、多伦多、卡尔加里、蒙特利尔和渥太华这5个城市，从东到西跨越6个时区，东西之间的时差为4.5小时，至于为什么会出现半个小时，是因为纽芬兰岛圣约翰斯省会在最东的位置，属于西四区，是时区跨度太大导致的。

这次的夜航体验是从西向东飞行，而从东向西飞行会更舒适一些，因为后者是从早飞到晚，到达后很快就进入当地晚间的时间，不久就可以休息。而由西向东飞行，有时间被拉长的感觉，人的疲惫感会更明显。从中国飞往北美的航班就是由西向东飞行，旅客到达后特别容易无精打采。

在加拿大旅行，可以领略独特的自然风光，可以收获惬意的休闲体验。那里的山川、河流、湖泊、森林，还有那开阔和无边无垠，让天地之间的万物都变得渺小，这种在大自然中放逐自我的体验，既是一种快乐的感知，也是对自然的无尽探究。

走马观花多伦多

多伦多（Toronto）位于加拿大安大略湖的西北沿岸，是加拿大最大的城市和安大略省的省会，一直是加拿大的政治、经济、文化和交通中心，是名副其实的国际大都市。多伦多市区里有半数的居民是来自全球各国共100多个民族的移民，多元的族裔特色汇集了世界上140多种语言，使这里成为全世界最多元化的城市之一。不像在温哥华的很多移民以休闲、度假、养老为追求，来多伦多的大多数移民是奔着工作来的，因此这个城市的职业化特点更明显：年龄层以中青年为主，生活节奏很快，城市的活力十足。近年来房价也涨了不少，房主每年要交更多税，生活成本也在增加。

多伦多是东西长、南北窄的长方形城市，三条地铁线路把东西南北贯穿起来。城市中间的黄线地铁与红绿线地铁相交，红线地铁向北直通列治文市和万锦市；城市南部拥有一条地铁环线，将多伦多最著名的一些景区包括在内，皇后大街、多伦多大学、皇家艺术馆、唐人街、小商品市场、多伦多广场都一并连通了。在市区开车不如坐地铁方便，停车位难找，也容易堵车，城区外围有数条"4"开头的省级高速公路，包括400、401、404、407、409和427号省道，其中401号省道是全国最繁忙的高速公路，在全世界最繁忙的高速公路中也排在前列。

我在加拿大国庆期间前往多伦多游玩了几天，体验了当地的城市交通和游客生活，也听到了不断有枪击事件发生的报道，但似乎没有冲淡国庆节日的氛围。7月1日当天，我在皇后大街看到了华人市民自发组织的游行，还是非常热闹的。游行队伍里华人装扮得大红大绿，能够看到有"多伦多社区中心"队伍，也有"全加福建华人联合总会"的横幅，甚至还有"浙江大学"蓝色的校旗。游行队伍只在规定的区域里通过，有警察在旁边顺着游行人流维护秩序。这样的游行在这个城市里经常举行，持续时间也就是一个小时左右。欢庆的人们和观看热闹的人群随着队伍的热闹声音聚集，再随着游行人流离开而散去。

多伦多的风景名胜众多，主要的观光景点有加拿大国家电视塔、天虹体育馆、皇家安大略博物馆、安大略省美术馆、加登纳陶瓷艺术博物馆、安大略科学中心、圣劳伦斯市场和冰球名人堂等。其中建于1976年的多伦多市中心标志建筑——加拿大国家电视塔，是当今世界第二高的通信塔，塔内拥有1700多级金属阶梯，塔高相当于1000多层楼的高度，在塔的335米至365米处，还悬挂着一座7层高的"空中楼阁"——多伦多天顶大厦。它是世界上第一个拥有可全方位伸缩顶盖的体育馆，其顶盖的四个盖板中有三个可以自由伸张或收缩，移动速度为每分钟21米。位于多伦多市中心的卡萨罗玛城堡是仿中世纪的城堡，距今100多年，神秘的塔楼和长达270米的幽深隧道吸引了众多寻觅奇观的游客，庞大的马厩、隐蔽的暗道与典雅的温室花房组合成美丽的花园。

与这些高雅艺术相衬的是另一种街巷艺术，肯辛顿市场就是很有名的涂鸦和艺术品街巷市场，人们可以前去选购中意的民间艺术商品。这条街市不仅墙上被涂满夸张的图像，就连地上的每一块街石、街上停放的汽车、商铺的大门，甚至电线杆，都是广告或者称之为绘画艺术的作品，目之所及没有一块空白。来到这个城市的旅行者还可能遇到大红色的市区巡游敞篷观光车，坐在5米高的车上的观光客有种正在视察整个多伦多的骄傲。游客逛街的时候会喝上一杯加拿大人人皆知的"Tim Hortons"或"Second Cup"咖啡，或者用几加元买一份驰名的"奶牛"（COW）冰淇淋，感觉不虚此行。

多伦多是世界上最大的金融中心之一，除了有世界第七大的多伦多证券交易所，在金融商业、交通电信、宇航科技、媒

多伦多肯辛顿市场被公认为是一个街巷艺术品的展示世界，游客在这里逛一圈一定会有满满的收获。

体艺术、影视出版、生物医药、教育旅游和体育等产业也具有领先地位，城市就业密度非常高。1720年前，塞尼卡印第安人一直居住在多伦多地区，后来法国人在如今的多伦多市西面建了一个皮货交易站。1793年，英国把多伦多作为加拿大的首都并重新命名为"约克村"，由于当时这里的街道到处都是泥泞，多伦多还得到"泥泞约克"的称号。19世纪初，约克改名多伦多，是印第安语中"相遇之地"的意思，之后高大的建筑楼宇拔地而起。到了20世纪，多伦多的工商业开始进入高度繁荣阶段。

多伦多位于加拿大的心脏位置，靠近美国东北部工业发达地区。汽车、电子、金融及旅游业在多伦多经济中占有重要地位，高科技企业占全国的60%。如果来加拿大工作，90%的人会首选多伦多，这里不仅就业岗位多，而且民族整合度也高，世界各国的留学生和移民都会在这里寻求发展机会。在多伦多市中心的交叉路口稍作停留，行人飞快地从身边走过，就像带着一股旋风。在工作日，每当路口的红灯亮起，上百人一起驻足，等绿灯亮起，川流不息的人流立刻把地上的斑马线盖上，人们会自觉地靠右通过人行横道。

多伦多这样的超级城市汇集了当今世界特大城市的诸多特点，现代化的城市中聚集了数百万甚至数千万就业人口，他们穿梭在城市的东南西北，奔波于职场和交通工具中，人口密度越大，相互交流和协作都会更加方便，成本更低的同时效率也在大幅提升。但是，城市交通繁忙的时间点过于集中，市区热岛效应对环境的负面影响等一系列问题也在这些超级城市中酝酿。一旦遇到恐怖袭击、传染病暴发等极端事件，公民的生命和财产损失也将是灾难性的。这是人类社会发展到一定阶段遇到的新的矛盾，如何在效率与代价之间找到平衡，是需要人们深刻思考的。

以多伦多为圆心画个圈

多伦多的地理位置得天独厚，位于世界最美的五大淡水湖的中心。环顾城市四周，不仅交通极为便利，物产也极为丰富，我们不得不从内心佩服加拿大人曾经多次选择把这里作为首都的精妙构思所在。苏必利尔湖、休伦湖、密歇根湖、伊利湖和安大略湖这些坐标在我中学学习地理时已谙熟于心，但身临其境还是震撼人心。

以多伦多为中心，南北陆路可以纵向贯通美国，一天之内就可以开车穿过纽约和华盛顿，东西10万米之间就有好几个可以直接入境美国的边境口岸供人们选择，难怪美国人把加拿大作为自己的后花园——去留随心。多伦多周边的城镇星罗棋布，向东有金斯顿、渥太华、蒙特利尔和魁北克，向西有温尼伯、卡尔加里、埃德蒙顿和温哥华，借助401号和407号两条重要公路，将多伦多与蒙特利尔东部地区和温尼伯等中部城市快速连接，再向西即可穿越整个加拿大，抵达太平洋东岸的温哥华。

从多伦多西南穿越伦敦小镇就和美国汽车重镇底特律连接并进入美国芝加哥，到达美国水陆两栖交通的核心枢纽，这里是美国历史上传统工业的发源地，繁荣的汽车工业曾经在这里成为全世界的焦点。如果以多伦多为圆心画个圈，居住在周边的人们不仅可以衣食无忧、物产丰足，享受腾达的工业、兴旺的科技，还能坐享河湖海景、驰骋山峦原野。

而在这个圈中最受青睐的是在城市南端的安大略湖周边的旅游行程。安大略湖是美国和加拿大山水相依的母亲湖，环绕该湖零星分布着一些小镇和工业区。尼亚加拉瀑布是世界第一大跨国瀑布，马蹄形瀑布在加拿大境内，美利坚瀑布和新娘面纱瀑布在美国境内，组合成世界上最狂野的瀑布观赏区，人们可以看到呼啸的湖水由西向东冲进安大略湖。

我们这次是从加拿大驱车前往尼亚加拉大瀑布的，过去已经在美国由南朝北欣赏过，相比之下，这次从北向南观看瀑布更为壮观。蓝天白云、和煦的微风把灼热淡化了一些，沿着安大略湖西岸一路穿城南下，经过"白水"（White Water）景区，这里的瀑布震耳欲聋，虽然名气不是特别大，但来过就知道也是不虚此行。白水景区离尼亚加拉瀑布不远，位于100多米的山谷之上，通过电梯把人们从山地高处运送到贴近瀑布的峡谷底部。湍急的瀑布从身边奔涌而过，雷鸣山响的安大略湖水在山涧中翻滚不息，人们大声说话的声音被完全淹没。水的颜色就像翡翠之绿，翠绿的浪涛高高低低的，像丝绸般在眼前拂过。旁边的标牌解释了为什么这里的水波呈绿色，来自石床页岩和砂岩下面的矿物质溶解成石粉后，在阳光照射下形成柔和的、绿宝石般的色彩，每分钟有60吨溶解矿物质被冲走。眼前的一切让我不由得诗意上涌：两岸石壁抱碧水，飞流咆哮过云天。

大约沿湖再顺行几千米就到达尼亚加拉瀑布了，瀑布位于加拿大和美国交界的尼亚加拉河中段，以宏伟的气势、丰沛而充足的水汽吸引了无数游客的目光。有人说："尼亚加拉大瀑布是从上帝花园中不小心陨落的一处风景。"瀑布长达数千米，视野开阔，瀑布的水珠被阳光反射得五彩斑斓，彩虹般的光影弥漫在瀑布上空。瀑布流经一个巨型水电站，这个水电站在历史上曾发挥过重要的水电开发作用，现在已成为历史文物和遗产。

游人从西向东行进，远远地看见连接加拿大和美国的彩虹桥。旅客通过这座桥往来两国，桥下湖水从西向东流淌，汇入大西洋。瀑布下红蓝两色的"雾中少女"号游艇载着游人在尼亚加拉大瀑布下巡游，瀑布的宽度达几千米，高度有近200米。每天都有几万名来自世界各地的游客在这里驻足观光、大饱眼福。

离开瀑布区，我走进小镇的一家超市，这里靠近美国，

加拿大安大略湖"白水"瀑布景区。碧绿的湖水在陡峭的峡谷间湍急而过，波涛汹涌、激流飞渡。

尼亚加拉瀑布景区的彩虹桥连接加拿大和美国，两岸景色壮观。

支付方式也很特别，只能用美国的运通卡，不能用加拿大境内通用的VISA卡等各种信用卡。在加拿大的国土也会有这样的现象真是让人难以理解！作为游客只能入乡随俗。这里的冰淇淋很便宜，我买了一大盒，但不配勺子，于是我想在超市买一个勺子，营业员走到厨具柜台拿出20支装的不锈钢勺子套装，告诉我要买就买一盒，不单独出售。

在多伦多短居的日子里，除了可以参观市内的展览馆外，还可以到郊外的自然风景区和历史文化胜地游玩。我实在转不过来，只选择了距离多伦多东部两三个小时路程的金斯顿市。车辆从城区驶出，由于堵车我就径直开进乡间省道，这样也好，加拿大真正的田园风光随处可见，奶牛、马羊、草屋、绿野、老爷车和教堂，质朴的乡民与集市的叫卖声让只有在电影画面中才能看到的景象真实地展现在车窗外，如果一直行驶在高速公路上是看不到这些乡村风光的。

金斯顿市曾经是加拿大的首都，古城中的老旧元素非常多。金斯顿市虽没有多伦多和温哥华这类大都市的繁华与现代，但悠闲的鸽子在身边走动，海堤外的帆船自由漂荡，上百年的建筑和街巷名称旧号依稀可见，停放在市中心广场的火车头让我们感受到这里曾经辉煌过。我们走进金斯顿市市政厅，游人可以随意出入参观或与政府工作人员交谈，观摩政府工作人员的日常工作。市民在空闲时如果想去摆设朴实的市长办公室坐坐，也会受到市长的热情欢迎。市政大楼里人进人出，一派忙碌，环境看上去很普通，各种物件没有任何被刻意摆设的痕迹，也没有看到上访的人，往窗外看是市中心广场"Kingston"（金斯顿）大大的字母。金斯顿市向东有一个与中国浙江省同名的千岛湖和千岛群岛风景区，乘坐轮渡游湖是不错的选择，这里也是与美国连接的水路通道，安大略湖的南侧就是美国，从海关大桥通过就进入美国纽约州了。

我们在金斯顿圣路易斯河口的亨利炮台上流连很久。这里有三百多年前英军留下的防御工事和城堡炮台，炮口的延伸处通向河口，当年这里是守备金斯顿的要塞，也是水路进入加拿大首都腹地的必经之路。英法两国为争夺这里经历了数十年的战争，最后以英国人的全面胜利告终。城堡和炮台留下的一切，让后人在旅游观光的同时多了一些回味。

夜抵蒙特利尔民宿

　　人们在加拿大旅行，到了最东岸城市圣约翰斯就必须折返，因为对岸就是欧洲的葡萄牙了。从圣约翰斯飞往魁北克省首府蒙特利尔，航程历时两个半小时左右。由于两地有一个半小时的时差，到达时似乎只比起飞时稍晚一点点。落地后蒙特利尔的天色已黑，对于这座陌生的城市，我没有提前做旅游攻略，只是通过 Airbnb（美国房屋短租公司）预订了圣劳伦斯河边的一家民居。

　　旅行中并非总能把一切安排得妥妥当当，偶尔遇到一些变化也是常有的事，那就需要随机应变。我认为蒙特利尔这种英法两种语言通行的大城市，国际往来的人一定不少，肯定会对旅行者的便捷考虑得比较周全。这个城市不仅是移民城市，还曾在1976年举办过第21届夏季奥运会。我从地图上查了城市地图和民居位置，距机场车程约二十分钟。走出蒙特利尔机场时，我决定看一看这里的公交系统是否通达，在机场候机厅交通指示牌的引导下，我只看到了公交747的引导牌。这是直接通往市中心的大巴，价格只要10加元。到达市中心后，旅客再按照目的地的方向选乘公交车或地铁，地铁有红绿黄蓝等线路。蒙特利尔是法语城市，是全世界（除法国外）保留法语最全面的城市，这是当地人备感自豪的一件事。对于我这种只懂英语的人来说还是有些不方便，于是我在机场问询处简单地了解了公交线路的基本情况，一位60来岁的长者耐心地告诉我有哪几种形式的车票可供购买。最后，我还是采纳了房东乘坐出租车直达住所的建议，这样更节省时间。

加拿大的夏天，天空差不多要到晚间9点才会全黑下来。我排队上了出租车后，告诉司机要去的地址，却发现司机师傅略有迟疑地发动了汽车。我猜想可能有什么问题，就在行车中与他继续沟通，我把手机地图打开让他看了一眼，他似乎还是没明白，我只好把目的地的详细信息翻出来再次与司机确认，终于司机师傅笑着点点头。原来蒙特利尔市是分成几个大区的，有点像北京的东城区和西城区，不同的城区却有类似的甚至同样的地址或门牌号，每个区的街道名称居然有一些是相同的。在中国，只有不同的城市才会出现这样的情况。原来是两个不同城区相近的名称让司机有些糊涂了，司机最终能搞明白就好。他也用导航，看来不是蒙特利尔本地人。怎么各国都一样呢？

出租车司机很多都不是本地人，我记得在温哥华很多出租车司机是印度裔人。

圣劳伦斯河沿途风景很好，河流从西向东流淌，车行过程中偶尔能够看到河水在夜光下闪着光亮。不到半小时就到达目的地了，加上小费和车费只要20多加元。房东克里斯蒂娜是中国四川人，她来这里已经二十多年了，孩子也在这里工作。她爱舞蹈，也喜欢直率地发表意见和言论，还经常写作、发表小说。我们在后面的几天里无话不说，她初来乍到时当过卖房中介，干过银行产品推销员，后来成为帮助人们理财和财富管理的客户经理，据说当年她在加拿大还参加了水电建设公司的工作，可以算半个技术员，有点意思。那么她大学本科是学什么专业的呢？外语。这也是20世纪八九十年代很多出国的人最占优势的专业，他们不少人曾在中国为外企或代理机构服务，慢慢地和外国人成了朋友，在他们的帮助下递交申请，很快就出国了。在他们那个年代，出国打拼还是非常辛苦的，一天打几份工是常有的事，还要承受很多精神压力。三四十年过去了，这些出国的人中有很大一部分人回国了，而他们中的少数人慢慢适应和习惯了国外的生活方式，成为当地普普通通的公民。在与克里斯蒂娜的交流中，我也深刻体会到，现在中国发展和变化很大，国人要更加包容地对待在国外生活的同胞。他们在国外生活是不容易的，不能因为他们在国外生活久了，生活中带有很多看待现实问题的西方视角，包括很难再适应中国的生活环境和对现实的一些偏激的认识，就用有色眼镜看他们，双方还是需要多一些理解。

克里斯蒂娜住的是一个联排别墅，两层构造，平层的套数有四套，几位租客都在相对独立的单元居住，租户们各走自己的通道进出。别墅后面有个小院子，搭起了一个可以遮阳的平台，院墙外的一棵参天大树能够减轻风雨对院落的袭扰。主人告诉房客楼下有个小门，那个门是不关的，供晚归的租户进出。租户不用担心入室盗窃，这里可以夜不闭户。在天气好的时候，主人会邀请大家一起在院子里烧烤，她自己却不怎么吃肉，以吃素为主，与房客们一起聚餐也是她生活中的欢乐时光。

从院子走到圣劳伦斯河边只需两分钟的路程，这条河从安大略湖西部流过，直通大西洋，也被称为加拿大的母亲河。我们喜欢在夕阳西下的时候到河边散步，看年轻人在河里漂流，激流中的彩色滑板、人们的多彩着装与河水泛起的波光交织成绚烂的色彩，远远看去特别好看。夏季雷雨说来就来，一时大风四起，云卷雨来，一把小伞根本无法遮挡。雨来得快，去得也快，说晴马上天空就晴了，一阵风一阵雨，风带着云朵走得飞快，哪片云有雨真是无法预知。

　　有一次，我在河边一个名叫"急流公园"的湿地公园遛弯，这个公园是在圣劳伦斯河冲积河岸的一个拐弯处通过引出一条支流圈地而建的，湍急的河水在这里形成了一个缓冲的湿地区域，人工建成了一小块让鸟儿栖息的小小陆地，长途跋涉的鸟儿在这里可以落脚停留。人们散步时也会走进这片湿地，观赏着各种平常不熟悉的鸟儿，听它们之间叽叽喳喳的对话声。一群群漂亮的鸟儿在这里飞来飞去，短暂地安家筑巢，与附近的居民和游人共同呼吸着蒙特利尔自然清新的空气，与人类互相欣赏又错身而过。鸟儿也不回避，散步的人们在聆听它们的话语，可能鸟儿知道我们也听不懂它们的语言。我们倒是希望鸟儿不要太在意人类的过度强大给它们带来的不便，自由自在地过好自己的每一天。

教堂城市

著名美国作家马克·吐温在他的小说里曾经描写："我有生以来第一次见到随便抛一块砖头就可能砸到教堂窗玻璃的城市。"这座城市就是蒙特利尔，这段比喻说明城市中的教堂是如此之多。走在市区，很容易发现这座城市除了充满法国风情的建筑和街道外，几乎每一个街角都有一座教堂，没走多远就能看到教堂式的建筑，屋顶或者建筑的正面有十字架标志。常常见到教堂前面还有一个小广场，花园式的园林设计和绿植花圃都很美，多以年代久远而彰显名气和尊严。小的教堂就不说了，大型建筑组成的著名教堂就有十多个，让人印象深刻，这些教堂富丽堂皇，远观近赏都非常震撼。

蒙特利尔是加拿大第二大城市，法国探险家雅克·卡蒂埃于1535年从大西洋航行进入圣劳伦斯湾，逆圣劳伦斯河向西而上，发现此地，并命名为皇家山（Mont Royal），蒙特利尔便以此得名。这个城市是法语区，法语文化要追溯到16世纪，路上的标识、文字以及语言都以法语为主，在这个城市中旅行，教堂这个元素是无论如何都不能错过的。

排在首位的是蒙特利尔圣母大教堂（Notre-Dame Basilica of Montreal），它是北美最大的教堂，建成于1829年，位于蒙特利尔市旧城区中心达尔姆广场（Place d'Armes）对面，是蒙特利尔市的标志。这座新哥特式罗马天主教的宗教圣殿，与巴黎圣母院可称为姐妹篇，较为奇特的是它内部金碧辉煌的装饰和众多的艺术收藏品。走近教堂，正面是三扇高耸的拱门，每个门上都有一尊雕像，中间那一座是群星环绕的圣母雕像。教堂正门的两侧分别是70米高的双塔，西塔上挂有一座古老的北美巨钟。整个教堂宏伟壮观，庄严肃穆。

其次是圣若瑟礼拜堂（St. Joseph's Oratory），坐落于蒙特利尔皇家山北面。它不仅是北美最大的圆顶天主教堂，同样也是蒙特利尔的标志性建筑之一，是世界最著名的朝拜圣坛之一，教堂的巨型圆顶高达97米，仅次于罗马的圣彼得大教堂。教堂始建于1904年，最初是由安德里神父在皇家山西面山脚下修建的一个用于祷告的小教堂，1917年在皇家山北面修建了大教堂，也就是今天圣若瑟礼拜堂的雏形，最初有可以容纳大约1000人祷告的大厅。1924年，教堂的修葺扩建工程开始，并于1967年结束，我们今天所看到的圣若瑟礼拜堂终于竣工。教

蒙特利尔皇家山上的圣若瑟礼拜堂，不仅是北美最大的圆顶天主教堂，也是蒙特利尔最高的建筑。

堂里面流光溢彩，各种壁画和天主教的代表性元素充满了整个教堂，这类教堂有一个共同特点——里面的玻璃色彩丰富、颜色鲜艳、对比强烈。就是要让人们在这里找到自己灵魂中的亮与暗，向耶和华诉说、祷告，洗清罪恶和肮脏，让心灵接受洗礼，获得重生。教堂中的装饰花纹都是对称的，圆中带圆，方中有尖，平行且竖直，每排座位后面的口袋里都有一本《圣经》，有的已经被翻得破旧。教堂入口处通常有一个圣盆，里面盛着清水，供来客点洒，形如洗礼仪式。人们非常虔诚地进入，也会在箱柜中放置一些钱币，表示自己的供奉之心，不在多少，而在心诚。

世界玛丽女皇教堂（Cathedral of Marie-Reine-Du-Monde）是蒙特利尔第二大教堂，位于蒙特利尔老城区的附近。教堂是新文艺复兴时代的巴洛克风格，屋顶上的十三尊雕像代表了蒙特利尔十三个教区的守护神，这个教堂不同于其他尖顶教堂，猛然瞥去，还以为是一个博物馆。教堂的内部以金箔装饰，金光闪烁，颇有华丽之感。这个教堂原本是按照梵蒂冈的圣彼得大教堂修建的。

再有就是圣帕特里克大教堂（St. Patrick's Basilica），这座哥特式风格的教堂号称是罗马天主教的宗座圣殿，高达69米。教堂的中心是巨大的石刻，屋顶的拱形天花板十分精致。

这个教堂位于商业区，参观完教堂还可以在附近逛街。

确实，行走在蒙特利尔，是一场有关历史和文化的学习之旅。蒙特利尔属于加拿大魁北克省，受到联邦政府的特别关照，在移民政策和一些地方管理制度方面沿袭了很多法国的做法，来自世界各地的移民在这里寻找工作、安家生活。英国人和法国人在这里留下很多遗迹，他们把这些遗迹保存得如此之好，是想告诉人们当年的繁华荣贵是怎样的，贵族家庭往往要向下一代讲述先辈的荣耀。我在一个历史馆中就看到这样的文字。

IMAGINE A COUNTRY（想象一个国家的样子）

How do you create a country？ What type of government？ Who would make decisions？ Who would have a right to vote？（如何创建一个国家？政府是什么类型？谁来进行决策？谁有权参与投票？）

这些文字清楚地表明占领者想要建造一个什么样的国家。

城市里拥有一两百年历史的楼宇比比皆是，欧洲人登陆北美的历史并不长，但他们似乎很崇敬有历史的东西，这也是他们保护、传承欧洲文化并使其在北美延续的缘由所在。蒙特利尔老城的河畔，是当年法国建都的地理中心，据说当时庆祝胜利的中心地点就在那里。胜利者到了哪里，教堂就建在哪里，为逝者祈祷，同时也为存活的人提供心灵的归宿。殖民布道是什么？是让所有人接受现实，承认失败并接受统治。殖民地的文化传播是什么？是胜利者让被统治者自愿或被迫接受他们的价值观。

带着这样的理解和对历史的尊重，我多次漫步在蒙特利尔的老城，就是想感受法语文化究竟给这座城市留下了多少独到之处。在旧港区码头（Old Port）的海边，能够看到几条大江河流汇入圣劳伦斯河，再向东就是大西洋了。蒙特利尔是北美最具欧洲风情的城市，行走在城市间，仿佛穿越到了法国，与多伦多、温哥华的感觉完全不同。这里有很多市井文化，特别是绘画艺术在这里有着广泛的百姓基础。画廊一条街上的左右玻璃窗前和门口摆放了众多漂亮的油画作品，遇到下雨，推销人员就会在马路两边搭起帐篷，继续向游人推介作品。蒙特利尔的人们与加拿大其他城市的人有一个明显的差别——他们的眼神中带有保持法语文化的坚定和骄傲。他们能够做到不理会用英语问路或交流的旅人，只要你不说法语，他们可能就像没听到一样，但这并不妨碍他们内心的善意和友好。

走进两所校园

　　到访蒙特利尔市时正赶上蒙特利尔美术馆有毕加索（Picasso）作品巡展，很多人去看展览并不一定是要领会毕加索原画的内涵，就冲着名人效应，也会去膜拜一下。进入美术馆是不需要门票的，但观看毕加索画展需要购票，票价是30加元。这可是观看毕加索大师的原作啊！如果不想错过如此珍贵的机会，这票肯定是值得购买的。美术馆的对面有一条满是雕塑作品和现代画作的街道，有很多体现艺术性的雕塑——行为艺术和抽象派的图画直接被画在地面上，还有用废铁制成的雕塑精品矗立在路边，道路上被画家用线条画出颇具立体感的波浪一样的作品，让路过这里的人们很容易产生幻觉。而那些生动活泼的造型中有锃亮的铜制卧牛，还有大象身上站立一个小人、做着看不懂的动作……四周都是壁画小镇一样的街景。满大街的房屋上被画满了各种绘画，有的作品显示着人和动物和谐相处，有的建筑以窗户和桌面组合描绘出普通的家庭聚会。林林总总，

各种作品形象丰富，美术馆周边区域完全是艺术家不受任何约
束施展才华的空间。

在这片艺术天地的隔壁，就是世界著名且在加拿大多年排
名第一的大学——麦吉尔大学（McGill University）主校区。
大学门前是"麦吉尔大道"，由北向南一直贯穿整个城市中心
再通向路易斯河边。学校校园并不是很大，但能在这里保存下
来，也足以看出这所大学在加拿大人心中的显赫地位。校门口
的牌子和校内的麦吉尔塑像下的文字向人们昭示这所学校的历
史和尊贵：

This statue of James McGill founder of the university was
commissioned by McGill，associated in celebration of the 175th
anniversary of McGill University and unveiled on June 6，1996.

（这所大学的创始人詹姆斯·麦吉尔的雕像是由麦吉尔大学
协会委托设立的，以庆祝麦吉尔大学创办175周年，并于1996
年6月6日揭幕。）

麦吉尔大学是一所公立研究型大学。作为加拿大对学术成
果要求最高的大学，其申请资格线、录取平均分皆为全国高校
之首。学校拥有加拿大最高的博士生比例，培育了加拿大最多

蒙特利尔市中心的街头。普通建筑的壁画充满了艺术性的想象和涂鸦彩绘的美感，昭示着这里是一个不同寻常的文化城市。

的诺贝尔奖得主、政界人士及亿万富豪。学校拥有加拿大历史上最大额的单笔校友捐款，其校友平均捐款额也居全国之首。

离学校不远就有一个排着长长队伍的网红快餐店，店面不大，招牌却格外显眼——SCHUARTZS 1928，赫然昭明小店有近一百个年头。中午火热的太阳下有几十人在排队，听排队的人说这还不算多。我好奇快餐店究竟有啥特色，能让人这么痴迷呢？原来都是来店里品尝熏肉三明治的。我相信肯定好吃，否则店外这么多不同肤色的人在这里踏踏实实地排队等候也有点太夸张了吧，看得出来这些排队的人大多跟我们一样是慕名而来。

有店员在门口维持秩序，他们根据里面的空位情况安排进店用餐。进去后我才发现不大的空间里更为拥挤，人与人肩肩相靠。一个人花13加元左右就可以吃得很饱。服务人员就在吧台为顾客制作汉堡，吧台外侧的位子空出一个，才能再安排一位新客人入座。我们点了经典的简餐套餐——面包夹烤牛肉，三片牛肉配上沙拉和酸酸的黄芥末酱，还有西红柿酱之类的酱料可供挑选。热乎乎的牛肉汉堡入口后，味道鲜美，肉汁外溢，合拢嘴才能不让这口难得的美味跑到外面，味道好极了，果然名不虚传。想必麦吉尔大学的学生一定也是常客。

从麦吉尔大学到皇家山公园不算远，这是蒙特利尔市中心的山上公园，在山顶可以看到整个蒙特利尔市区的高楼大厦，而山的背后就是蒙特利尔另一所极富特色的大学——蒙特利尔大学（Université de Montréal）。学校在加拿大名列前茅，依山而建的校园里上上下下的坡道非常多，校园的中心就在山上。让我赞叹的是，地铁能驶入位于山坡上的学校，巨大而又漂亮的地铁站位于山下的公交站旁，学生和老师下了地铁可以乘坐站内的上山扶梯直接进入校园，出来立刻就可以见到山顶的蒙特利尔大学主教学楼。这条地铁线路便是蒙特利尔"橙""绿""蓝"三条线路中的"蓝"线，途经蒙特利尔大学主校园区。学生和老师从山上的校园走到山下的地铁站只需三五分钟。

蒙特利尔大学以法语为主要教学语言，只提供少量英语或西班牙语授课的课程，其前身是由罗马教廷创办于1878年的拉瓦尔大学蒙特利尔校区，并于1919年5月8日变更为现名。学校还有其他几个校区，这所大学是世界上规模最大以及加拿大学术水平最高的法语大学。

在蒙特利尔这座城市里的学生都非常享受这里的文化与艺术氛围。圣劳伦斯河南岸有世界上久负盛名的蒙特利尔自然生态博物馆（Biodôme）。它以钢结构组装成球形的外观，通透的玻璃将阳光全部吸入球内。室内展览描绘了加拿大的生态环境和动物的发展历史，"口含三文鱼的棕熊"是一幅加拿大人众所周知的经典图片，介绍了动物在生物链上各个环节的相互依赖性，告诉人们生态环境中人和动物是相互依存的。

　　蒙特利尔有一个大型植物园，就在蒙特利尔奥林匹克公园（Montreal Olympic Park）旁边。平日里，一队队排列整齐的孩子在老师的带领下开心地进入植物园，到各个温室和展房观赏花卉等植物。不远处就能看到1976年第21届夏季奥运会的主会场，生态文明和奥运精神和谐地汇聚于此。这座奥运主会馆是圆顶扁形的设计，上面还立着一个像小辫子一样的支角，登高观光电梯就是从地面上升到那个支角，可以俯瞰蒙特利尔的城市全景。四十多年过去了，奥运场馆依然保持完好并继续运营。与奥运体育馆在一起的还有蒙特利尔天文馆（Montreal Planetarium），建筑的标志是两个高耸的望远镜筒。在几天的时间里，我充分感受到蒙特利尔有着浓厚的文化氛围，法国人浪漫和现实主义相结合的生活方式在殖民时期就被带到了北美。欧洲是文艺复兴的源头，欧洲人占领北美后还把心中的艺术世界一起移植到北美，他们用钢铁和枪炮立威，用艺术和宗教沁人心脾。

　　在蒙特利尔学习的国际学生可以享受此处得天独厚的地域和文化优势，但近年来频发的恐怖事件也给这个多裔民族的汇聚地带来了一些不平静的因素。我就在乘坐地铁经过老城中心站时被告知全部乘客下车，当时我还没听懂法语，是一位会说英语的乘客告诉我的。原来是别的地铁站接到报警，为了乘客的安全，必须立即停车并就近疏散人流。走在马路上，我看到荷枪实弹的警察，街道上横着黄色警戒线，警车上的警灯不停闪烁，但人们好像一点也不紧张和害怕，这也许就是生活在此的人们不得不面对的一种坦然吧。

不同风格的两座都市

  加拿大首都渥太华与魁北克城的距离只有450千米，前者在安大略省，后者是魁北克省的省会，两座城市的风格迥然不同。渥太华河的中心线将这两个省分开，也把说法语和英语的界限划清了——魁北克省的官方语言是法语，而首都渥太华的官方语言则是英语。渥太华是政府办公城市，虽然也有法国人主要活动的历史区域，但政府还是坚持把英国文化和法国文化整合在一起，把这里作为首都也是用意明显。

  渥太华河穿行魁北克省西部卡皮米奇加玛湖到达渥太华，后吸纳支流里多运河（Rideau Canal）及加蒂诺河（Gatineau River），再经过国会山流向蒙特利尔，归入圣劳伦斯河。四条河流在渥太华汇合，形成这里如画的美景。里多运河、加拿大总督府、加拿大国家美术博物馆、国立自然博物馆、战争博物馆和科技博物馆，都在向旅人介绍只有二百多年的加拿大历史。这座城市也被称为"郁金香城"，"二战"时期怀有身孕的荷兰女王在此避难，后来为表感谢赠送了10万株郁金香。

渥太华是一个充满现代感的城市，拥有100多万人口。当年，加拿大没有像美国和澳大利亚那样把首都城市设为联邦直辖的行政区，而把首都放在了安大略省内，只是土地管理和城市规划由国家首都委员会负责，但这块地方是加拿大重要的经济中心，制造业、轻工业及旅游业较为发达，国内生产总值也在全国名列前茅。城市中没有高耸入云的摩天大楼，也看不到大型购物商场，但拥有雄伟庄严的国会大厦和被列为世界遗产的里多运河，以及整洁的市容和绿色宜居的城市环境，加之法语和英语在这里完美交融的多元文化。

车由北向南行驶，穿过皇家公园，经过造币厂和财政部，很快就来到了渥太华景区首位的"国会山"。为何以此得名？可能是因为这里的建筑太多，广场又大，在外国人眼里就像群山一样吧。国会山中心有一个火炬台，火苗常年不息，十三个牌子象征着加拿大十三个省的人民在这里团聚，不同肤色、不同种族的人们和睦相处，共同建设加拿大这个国家。

顺渥太华河而下，不到200千米就能到达蒙特利尔，再向东250多千米就抵达魁北克城了。16世纪开始就有探险者来到魁北克城这座城市，他们是从大西洋过来的，先到达加拿大海洋四省东部，再徒步行走，向西挺进，雅克·卡蒂亚（Jacques

Cartier）顺着圣劳伦斯河最早抵达这里，与当地人发生冲突。当地人经不起武器的打击，俘虏被带回法国交给国王，俘虏会说清楚当地的情况，法国国王就继续派兵，从欧洲往返加拿大一趟的时间至少五年。

原来魁北克这片印第安人的居留地就这样被殖民者侵占了。法国探险家萨缪尔·德·尚普兰（Samuel de Champlain）1608年建立魁北克城，宣称是新法兰西首府，让这里成为法国人的后花园。魁北克城位于圣劳伦斯河与圣查尔斯河汇合处，南部边界与美国相接，西部与渥太华河和安大略省相连，拥有68万人口，九成以上的居民讲法语，是北美唯一保存着城墙以及大量堡垒、城门、防御工事的城市，这些工程至今还环绕着魁北克古城。悬崖峭壁将该城市划为上城和下城两部分，也称新城和老城。上下城之间通过斜坡和楼梯相连，也可以在小桑普兰区坐直达电梯穿行城中。

顾名思义，上城和下城是山上和山下的意思。上城是军事要塞，俯瞰整个下城，扼守门户，星形城堡位于钻石岬角（Cape Diamond）上，是北美大陆最重要的要塞，历来被认为是加拿大的战略要地，全长4.6千米，一度被称为"北美的直布罗陀"。这个军事围城始建于1783年，后来英军为防御美军于1820年重建这一要塞，城堡位于圣劳伦斯河河道咽喉，也号称大英帝国最坚固的要塞之一，现在仍为加拿大唯一的法语陆军22皇家军团指挥部。夏天，游客来此可以观赏驻军检阅及卫兵换岗的传统仪式。我曾经在魁北克高楼旋转顶层观看整个城市的风景，一边听着讲解，一边观赏圣劳伦斯河边历史上英军和法军激战的城堡。据故事中讲，法国人先以地理优势占领了几年，英军上来很难攻克守卫队伍，但是法国人的失误之处是没有守好后面的山头，结果让英军从后面包抄。史书还记载，当年被攻克时，守军总督正好还在不远的瀑布休假……上城还有政府行政管理区和宗教活动的功能，有政府机构和文化设施，有教堂和耶稣会修道院、清教徒修道院、王妃城堡、弗隆特纳克城堡，还有神学院。

下城则为港口和古老的居民区，虽称为下城，其实就是几条街，但这里是吃喝玩乐和民间艺术的荟萃之地。古老的建筑、砖石的小巷、花样繁多的纪念品、酒水饮料和冰淇淋满足着游客的探索欲，瓷器、古玩、鲜花、皮货、雕塑，应有尽有；用鲜花点缀的小街和壁画都令人叫绝，巨大的壁画被画在墙上或地上，简直就是艺术画廊的感觉。小桑普兰街的历史最为悠久，牌匾和店铺商行比比皆是。店员身着古装并梳着古老发型，温馨而浪漫的手工艺品店和餐厅吸引着游客，古色古香的情调、鹅卵石铺成的街面、石造的教堂，散发着浓厚的历史韵味，观光客好像进入了巴黎蒙马特区。下城以皇家广场为中心，还有许多城市初始建成就有的狭窄街道和骑士旅馆，在胜利教堂、圣母街两旁矗立着建于17世纪的维多利亚圣母教堂。下城保留了当年的主要历史文化风格，是旧时人们生存方式的沉淀。

1985年，魁北克城被列入世界遗产名录，是北美大陆最古老的城市，以欧洲风格和独特的建筑之美闻名于世。城内有国家战争公园、圣母玛丽亚宫、古堡大酒店、蒙特贝卢城堡、芬堤娜城堡饭店、盖斯佩半岛。蒙特摩伦斯瀑布位于城市边上不远处，山高势险，湍急的河水从80多米高的山顶贯穿而下。这个城市是法国文化在北美的一个缩影，也是殖民地堡垒城市的绝佳代表。

魁北克城在蒙特利尔的东部，渥太华在蒙特利尔的西边，如果从蒙特利尔出发前往这两座城市，正好距离差不太多。初春观鸟也是魁北克一个赏心悦目的项目。春回大地，冰雪消融，人们抬头眺望，北美洲著名的雪雁（Snow Geese）是魁北克大地第一批大自然的使者，鸟儿们每年4月从南方迁回湖畔度夏，到了9月底，再一群一群飞翔4000多千米到北美的南方过冬。

通往班夫的路

加拿大班夫国家公园（Banff National Park）的名气太大了，只要提及这个名字，世界任何地方的人们几乎都是一脸羡慕。由于火山和地壳运动，山脉隆起，形成高大的花岗岩山系，冰川、湖泊、角峰、山脊、森林、动物……大自然在此处留下了绝美的汇聚。春天清秀淡雅，夏天浓郁透彻，秋天火红明亮，冬天玉树冰花，而最好的美景集中在6—8月。每年的这个时节，数以万计的旅客驾车而来，投入纯情多姿的班夫的怀抱。说起去班夫的路，不外乎三条：一是从阿尔伯特省府埃德蒙顿向西，途经贾斯珀（Jasper）；二是从卡尔加里向西经过坎莫尔（Canmore），这两条路线都比较短，更像周边旅行的线路；三是从温哥华出发，这是世界各地游客前往班夫的主要线路。如果不着急赶路，可以用一两天的时间规划行程，好好享受这个世界上堪称绝佳的车行旅程。

以温哥华为起点可以规划一条环行线路，从霍普（Hope）

开始分道向北途经坎鲁普斯（Kamloops），过贾斯珀，再南下
抵达班夫，或者直行向东走南线经基洛纳（Kelowna）到达班
夫。我们选择的是回程再走南线。驶出温哥华后，我们先通过
环加拿大线（Trans Canada Line），走1号公路一直向东延伸，
一个多小时后就接近了必经的小镇——霍普。霍普是离温哥华
最近的一个知名小城，19世纪中期，这座小城是连接加拿大东
西之间最重要的陆路和水路运输通道，货物从温哥华兰里港经
菲莎河通过霍普镇，再由火车运送到坎鲁普斯，之后再通过水
道运往加拿大中部城市。这座小镇当年发生过一场很严重的滑
坡和矿难。这场浩劫使数千人遇难，对以矿山和铁路开发为主
要经济来源的小镇造成重创。这个城市水陆交通都很方便，来
往游客众多。市中心有很多图腾和雕像，居民的脸上洋溢着浓
浓的友善和热情，古朴的房屋留存着历史的记忆……

过了霍普镇向北转弯，从3号路转向5号路，两侧开始被
落基山脉包围，可谓是"车在山中行，景色两边走"。沿途不
断出现清晰的路引，告诉旅人这是"横跨加拿大之路"，在加
拿大有几条横跨东西的旅游线路，这是其中一条，此时你已经
踏上了通往加拿大最著名的班夫国家公园的路了。环加拿大线
的东段可以一直延伸到海洋四省，向西到达维多利亚岛。我们
前行的第一站是坎鲁普斯，它是去班夫的北线重镇，游客一般

都会选择在这里休息一晚再直奔贾斯珀。

我们出行的这几天正好赶上温哥华山火，一路上可以看到远处山火蔓延，烟雾升腾。直升机在空中飞来飞去，带着一个巨大的包，里面装的是水，看似在不断从空中向下扑灭火势中心的火点，但有点杯水车薪的感觉，坎鲁普斯的天空也被烟雾笼罩。"坎鲁普斯"这个名字来自印第安语，这个小镇是拥有百年历史的古城，有悠久的原住民文化和部落社区。19世纪末，这里三分之一的人口是华人，是修建铁路滞留华工的定居点，也有规模庞大的唐人街。1966年，华裔吴荣添曾当选坎鲁普斯市市长，现在这里的华人已经很少了。因无污染的肥沃泥土和半沙漠干燥型气候，小镇周边成为北美最大的花旗参产地，被誉为"花旗参之都"。小镇附近有200多个湖泊，成为不列颠哥伦比亚省数一数二的钓鱼中心。我们经过时小镇正在举行老爷车车展。镇上只有十二条街，城市的东边是汤普森河，流向菲莎河，居民过着悠闲的生活。由于交通非常便利，此地一直是交通要道。

第二天我们起了一个大早，加满了油，很快就驶入落基山脉的盘山路了。清晨时分，山里的雾气非常浓，遮住了山脉和河流，只能看见一条向前延伸的大路，车速可以达到120迈。加拿大山路的路标大多标有"限速120"。这个限速其实就是

让驾驶者"放飞自我",这与北美人的驾驶习惯有关,他们不
会因为是山路就把速度降下来,相反如果慢下来,会把后面的
车辆压住。对来自中国、不熟悉路况的车手来说,跟车就是一
个问题,因为担心路口会突然有行人或动物冲出来,车手到了
路口就会减速,不敢高速通过路口。而国外的规定很清楚,保
持(Maintain)速度通过路口。为什么能这样呢?因为只要
是路口就一定会有提示路标,告诉司机什么方向需要减速或注
意,比如有"Stop"标志的四岔路口(Four Way)、三岔路口
(Three Way)、两通路口(Two Way)。遇到通行标志提示的
路口,有人开玩笑说驾驶者可以忽略路口的一切,不会有行人
冲出来,即使冲出来也是行人负全责。这样的规则早已家喻户
晓,在法律普及的社会,如果因过分担心而在行驶中减速,不
但会收到后车司机表示不满的鸣笛警告,而且可能引发事故。

　　一路向北,能感受到田园风光和乡村美景,时有落雨时有
晴空,200千米一会儿就过去了。到了与16号公路交界的地方
开始转折向南,就知道更好的景色要开始了。我们先是在罗布
森山(Mount Robson)山下停车,这里云雾缭绕,山顶的雪
依稀可见,随着风吹云开,山尖时而张开全部容颜,时而又掩
面差怯。八月的小雨把青山洗得一尘不染,空气清新,深吸一
口气,养心又舒坦。罗布森山虽然是省级公园,但山脉都是著

名的，海拔3000米到4000米不等，每座山峰都是以登山先驱者的名字命名的。

莫斯湖（Moose Lake）在行车的右手边，是非常漂亮的天然湖泊。湛蓝的湖水在晴天和阴天显现出不同的色彩，晴天时是蓝色的，阴天时是绿色的，蓝得闪亮超过蓝天之美，绿似翡翠纯厚如玉，实在是难以看到的美景。当然，如果在少云或半云半雾之时，湖水又会以朦胧的面庞出现。多彩的植物就像脖领上的一朵朵小花，点缀在青山葱茏之中。一路向前开，一路停车拍，加拿大的风景道路都会留下狭窄的停车位，或在每个景点的转弯处留出空地让人们驻足拍摄。此处我脚下站立的地方还属于不列颠哥伦比亚省，再向前就要进入阿尔伯塔（Alberta）了。贾斯珀国家公园已经到了，再向南290千米就是班夫国家公园。在这两个国家公园，游客可以尽情游玩，一路都是震撼心灵的风景，什么时候玩到想收心了，什么时候再考虑返程的事。

从班夫返程，由东向西一马平川，穿过高山和森林，行驶在1号公路上，经过约7小时的长途行驶，就开进基洛纳城了，这是一座连接加拿大温哥华东西的重要城市。这里气候独特，东西的潮湿气流被落基山脉阻挡，让这块地方雾气很重。得天独厚的条件使这里适合大规模种植葡萄，成为世界天然葡萄园林。这些年，中国人在这里买下了不少酒庄，比较知名的是奥肯纳根酒庄和Summerhill Vinery酒庄，规模都不小，从种植到酿酒，产业链完整。我们早有耳闻，知道欧肯纳根湖非常有名，这里盛产水果、蔬菜和乳制品，但此次经过还是觉得葡萄园已是当地经济的重中之重。

第二天一早，我们去了城市公园游玩。白色的帆船雕塑矗立在海边，远处是横跨欧肯纳根湖的大桥，桥上的车辆向西通向温哥华，很多反向的车子是去往班夫的。前方有淡淡的云和碧绿的湖，8月依然可以不时看到远处高山上的白雪被天空中的阳光刺射，闪耀出夺目的光彩。

从这里再行驶3小时就返回温哥华市区了。

玩转贾斯珀

进入加拿大不列颠哥伦比亚省的贾斯珀和班夫国家公园是要买票的，重大节日的票价会与平时不同，我恰好赶上庆祝加拿大国庆150周年活动，每人可以75加元的价格购买一张年票。你一定不要以为收费高，一年之内可以无数次在班夫的几十个景点游玩。通过景区北端检票点时正好下雨，我从车窗伸出手把信用卡递给他们，便收到一张精美的票牌，直接挂在车的前挡风玻璃上按路标继续前行，很快就进入了贾斯珀小镇。8月是小镇最热闹的时节，全世界的游客都会在这一两个月向这里集中，贾斯珀国家公园（Jasper National Park）的中心就在这里。

我们在酒店刚住下，趁着太阳还未落山就驾车赶往小镇北面的金字塔山（Pyramid Mountain）。盘山路修得很精致，山上有帕特里克湖（Patricia Lake）和金字塔湖（Pyramid Lake），这两个靠在一起的高山湖泊就像贾斯珀耀眼的两颗明珠，点缀在盘山路之上。周围的山峰有雪有冰，有树有花，高大之中有灵动，在落日和清晨的时候欣赏会更有魅力。

在游览自然环境时，游客都希望赶上好天气。整个晚上我都没有合上窗帘，半夜起来还看了看天空中的星星和月光，估计今天会是不错的天气。天还没亮透，我们就抓紧启动车辆，再次直奔山上。淡淡的晨雾像一层纱盖在湖面上，鸟儿在叽叽喳喳对话，旁边小木屋里的居民还在安静地晨睡，有几位先生在河边的小码头周边散步，周边的宁静与山色湖光的美景构成一幅水墨画般的"山间晨图"。湖边的小舢板与水鸟也是动与静的组合。风把晨雾一团团地卷来卷去，使远近山峦时而明朗，时而朦胧。这种云里雾里的神奇梦幻让山的轮廓始终不能清晰地展现出来，也许这种虚虚实实的画面才是湖光山色中最美妙的景色，只有远处雪山露出的一角被晨光映照得金红。

上午我们按计划前往巫药湖（Medicine Lake）和玛琳湖（Maligne Lake），这是贾斯珀国家公园里最值得观赏的两个湖泊，虽然这里的湖泊之多让人们难以记住名字和差别，但数巫药湖和玛琳湖最有特点。巫药湖在通往玛琳湖的途中，这个名字很诡异，有几分魔幻色彩，看了介绍才知道原来是因为这个湖只有夏天才有水，冬天就干涸了。车行过去，湖面非常大，这么多的湖水怎么到冬天就没有了呢？是地形特点决定的——

这里海拔高，地质结构复杂，暗河极多。山石和地壳组成的各种山体高耸入云，背后和下方是空洞以及丰富的水流河系，没有固定的水涨潮落，冬天结冰封流，春夏冰解河开，水流涌上地面，积多成渊，河流汇川。

中午时分阳光明媚，云朵飞舞，车在山景中穿梭。玛琳湖的面积更大，有22千米之长，被评为世界上最上镜的湖泊之一。游艇载着我们在宽阔的湖面上飞驰，两边是千年雪山，万仞石壁。游艇夹着浪花，携着湖风，一路向南驰骋。在光的折射下，湖水一会儿是青绿色的，一会儿又是澄蓝色的，湖水将水底的多种矿物质反射，似呈翠绿色，又带些乳白色，看似混浊，实则透明，能够一眼看见湖底五颜六色的石头。人们一眼就能把冰川、高山、湖泊、绿林和蓝天全部收入眼底。玛琳湖的精彩还只是群山掩映中的一隅，周围都是3200米以上的峰峦，处处都是奇幻。导游和驾驶员都是女性，舰员会时而把速度提到很快，让你感受驰骋的感觉，时而又突然减速，慢到你好像就坐在岸上并没有移动，为的是让你细细地观察山边的积雪和山石。各种奇形怪状的山峰与天空中截然不同的朵朵白云，组合成一幅幅美图呈现在游客的眼前。

精灵岛，是玛琳湖南侧尽头景点的精华。在这里出现了一个小岛的微缩景观，精灵般的小岛上有几棵好像专门为人们拍照留下的大树，只有小船才能划靠上去，湖水会在阳光的照射下变成蓝色，极其好看。导游说这个精灵景观之所以被完整地保存下来，是因为过去这么多年，有很多探险家和乐善好施之人资助和保护，不断地修缮和保护这里的生态。

在从玛琳湖返回贾斯珀小镇的沿途，我看到前面的车突然排队停下来，不是交通事故造成堵车，而是前面的车辆遇到动物。果然，一只大黑熊带着自己的几个宝宝在路边的草丛中找吃的。在加拿大这种情况很多，之后我们在班夫的山上也遇到了几次，有山羊，有驼鹿，还有野驴，这些动物都会在出来觅食的时候遇见人类。遇到这样的场景还是归咎于强大的人类占领了很多动物的领地，动物也要衣食住行，它们除了傍晚或清晨出来静悄悄地觅食，有时也会迫不得已在白天出来。好在这里的人们都会让动物们来往自由，观赏并守护它们。

下午我们步入玛琳峡谷，参观这里上亿年的石谷。峡谷的高度落差有几百米，从顶处往下看，最下面的溪流像一丝丝细流，其实宽度也有十几米。险山峻岭，山谷中到处都是千奇百怪的岩石，每一块石头和自然中的雨水摩擦，留下了带有个性的痕迹。这些擦痕是怎么形成的呢？展示板告诉我们是因为每次雨水的大小、急缓、方向和风速都不同，使得雨水对石头的冲击轨迹完全不同，再加上洪水汇集后的力度大小、角度和旋

贾斯珀众多自然湖泊中，玛琳湖的"精灵岛"尤为秀丽、灵动。

转也不同，让在山石间流淌的大大小小的漩涡转动着，从山谷中高高低低地跑动，对途经峡谷中的每一块山石造成不同的打磨路径，人类看到的都是大自然鬼斧神工创造出的艺术作品。大自然对时间是最有发言权的，我们一生走过几十年，而大自然已经走过上亿年，人类还有什么不能与它们进行对话的呢？不管它们听得懂还是听不懂，我们生活在大自然的怀抱里，就如一粒石子。

在国外的自然公园里，每每都会看到自然知识和科学故事，把纯朴的自然和历史的原貌展示给游客。绘画图表让游客们了解这种自然状态是怎么形成的，为什么这种形状的石头是五百年的，而另一种结构又是一千年的。这些知识非常有趣，当地人在幼儿时期来这里参观、游玩时就能学习到这些科学原理，自然会产生兴趣，这对他们一生的学习和研究是极其有益的。孩子们在玩的同时，懂得了自然中的一些道理、原理，找到自己的兴趣所在，他们会继续沿着兴趣探索，没有脱离现实，不会存在空想，是科学的力量在推动他们思考，走向日后的创新。

回到酒店已是晚上七八点了，我准备再去逛逛夜市和小镇的主要街道。我在一家比萨店驻足观望，店里的人依然很多，我就订了外卖，告诉服务生我先去超市买点东西再回来取。贾斯珀小镇很繁华，商店、超市齐全，也可以在此预约参观贾斯珀国家公园其他景点的时间。这个古老的小镇每天承载了全世界数不胜数的游客，如果在高峰时节预订这里的酒店，你通常只能订到一天，如果想多玩几天，就要做好多换几家酒店的准备，这也可以算是给各位旅人的一个提醒。

名字都叫阿萨巴斯卡

　　在贾斯珀国家公园有两个景点的名字都是阿萨巴斯卡（Athabasca），一个是瀑布，另一个是冰川。没去阿萨巴斯卡瀑布以前，我一直认为它只是一个普通的瀑布。瀑布距贾斯珀小镇约50千米，也在通往班夫国家公园的路上，我准备顺路过去看一下。没想到去一次没有看过瘾，开车离开几十千米后，我发现天气更加晴朗，决定掉头回去，再看一次不同天气下的瀑布景观。

　　仔细观望，阿萨巴斯卡河水混浊而发白，这是从冰山上流下的溪流吗？看了介绍才知道，原来河水在四季的颜色不仅不相同，而且水中蕴藏着很多的学问。夏天千年的哥伦比亚高山冰原总有一些融化的雪水会将岩石沃土冲刷而下，这些地质岩石富含肉眼可见的看似白色的矿物质成分，不断被融化成小分子继续向下游冲去并慢慢积淀，使河水像牛奶一样，这条河由此得到"牛奶河"的美誉。河水随季节更替而变化，冬季清澈，夏季混浊。在密林和峡谷中一路流淌的河水，到了瀑布区突然跌落三四十米，又赶上一个转角很大的弯，湍急的河水开始咆哮而过，激起巨大的水花和漩涡，屹立在河岸两侧的巨大岩石群阻碍了水流的流动，彼此撞击下传出轰天涛声。因此，它被称为落基山中最令人惊心动魄的瀑布。游客举着手机、相机拍照，恐高的人一定会心存紧张，担心手中的设备会一不小心掉下去。人们站在瀑布旁，即使放开嗓子大喊，也没有人会知道你在呐喊什么，瀑布的轰响和能量可以非常轻松地把阻挡它的任何物体毫不留情地推到远方。我第一次进入瀑布区是阴天，再一次进入的时候阳光已相当强烈，两种天气条件下，河水从清淡的乳白色变成了晶莹的雪白色，飞溅到天空中的水珠和雾气显得特别亮丽，在远处茂密森林的衬托下，生出赤橙黄绿青蓝紫犹如彩虹的光晕，一道道绕在人们的头顶上，要想数出几道双彩虹简直轻而易举。

车行沿途的高山连绵不绝，右侧流淌着阿萨巴斯卡河。一到秋冬，冰川会再次结冰，锁住岩石中的矿物质分子，各种物质凝固起来，水流又再次回到清澈明净。这时你再看到的阿萨巴斯卡河已与普通的河流没有什么不同了。阿萨巴斯卡河是很好的漂流之河，我们不但能看到青年，还有老人带着孩子坐在能容纳近20人的黄色大漂流筏上顺流而下，一直可以到达下游

16号公路的东边。在所经过的一些河口，清流和浊流相聚，不同颜色再次汇合，然后温顺地向远方继续流淌。

距离瀑布上游几十千米就是阿萨巴斯卡冰川，位于93号公路西侧。上亿年前，哥伦比亚冰原（Columbia Icefield）显出，成为北极圈以外世界上最大的冰原遗迹。北美发生过剧烈的地壳碰撞，其结果是形成了我们经常在地理书和欧亚板块学说中看到的世界地图的模样。原来，亚洲、欧洲、北美洲和南美洲是连在一起的，如果将分离的板块拼起来，会发现是一个整体。地壳撞击的动静非常大，平地会隆起成为山峰，山峰也可以成为海底，地下的冰川也会成为山峰。这就是我们在阿萨巴斯卡冰川能够看到的冰川后世纪景色。

红色"大脚怪"（一种有着特种巨大车轮的攀登冰山专用车辆）的车身上画有"Canada Brewster"（加拿大布鲁斯特）和"Ice Explore"（冰川探索）字样，红白相间，格外鲜艳。车玻璃通透，可以让游人从不同角度欣赏车厢外的冰山。宽胎粗纹使车辆不会打滑，人们坐在车里还可以打开窗户拍照，近看冰川的缝隙和流淌的千年冰川清流。我看到的冰水有些发蓝，是冰中的矿物质在光线反射下出现的颜色，眼前厚厚的冰层据说单薄之处至少也有几十米，每年最多也就能融化一两米。近百年来，自从被探险家发现以后，这里的变化非常大，人们通

阿萨巴斯卡冰川景观只在夏季对游人开放，万年冰川在群山簇拥中展现满目冰寒。

过与过往照片比较才能看到初期的容颜。当时这里的面积更大，接待客人的房屋只是现在图片上的一个很小的点，周围全是冰川，而现在冰川面积缩小了很多，地球温室效应使这条冰川在80多年间后退了近2千米。

"大脚怪"要开10多分钟才能把人们拉到半山腰，这里是宽1千米、长1千米、厚超过100米的冰原平台。每年七八月是冰雪融化的季节，也就是这个时候才允许游客参观。游客站在辽阔的冰原上，身边就是绝壁和冰湖，漂浮着的巨大冰块触手可及，时而还会有雪花从天空中飘下，脚下的冰雪融化后会慢慢地流淌到山下，形成河流和瀑布。阳光下，一批批游客在冰川的宽广平台上嬉戏和玩耍，如果是中午，短暂脱下外套也不会觉得太冷，但遇到大风就会受不了的。也有游客会在清清的冰口裂缝中接住滴落的千年冰水，这是可以直接饮用的纯天然矿泉水，下次来记得带上空的矿泉水瓶，那样就可以装满带下山去静静品尝。专业人士说这个水的保质期短，我更担心冰水里的一些物质对人体不利。

阿萨巴斯卡冰川的周边都是巨大的山脉，美景与动物常年不衰、和睦相处。在不远处建有天际步道廊桥，设计者没有用过多笨重的钢体来修建，镂空的轻简设计兼具实用性与美感。这是一个能够清晰地展示动物在不同海拔生存差异的观赏点，

从贾斯珀通往班夫的路上，数百米高的阿萨巴斯卡天际步道吸引着人们
登高俯视。

这个步道观景台高高耸立在峡谷上，向下看去，玻璃下方是几百米的深渊，可以看到下面成群的山羊。这时耳机中传出用多国语言讲解的声音：在几百米落差的山涧中，不同的动物会在不同的海平面高度生存，植物也会随着高度不同而依次生长。山羊在这里寻找食物，而肉食动物是不会在这个位置出现的，比如熊就会在海拔更低一些的陆地上生存，那里可供大型兽类觅食的植物和小动物会更多一些。从山羊生存的海拔位置再向上，就只有鸟儿生存了。听着这些生物多样性与自然海拔高度关联的知识讲解，游人们把这里的冰川、高山、人类、动植物、结构和历史脉络连接起来，从上亿年前的地质世界转瞬回到眼前的山羊身边，从遥远跨回现实，好像是一堂生动的自然生物知识普及课。

谁人不知的班夫

  班夫国家公园是加拿大第一大、世界第三大国家公园，被联合国教科文组织列为世界文化遗产，规模仅次于美国的黄石公园和悉尼皇家国家公园。俗话说，一个班夫顶二十个瑞士，这就足以体现班夫之美。班夫国家公园始建于1885年，坐落于落基山脉北段，占地6600多平方千米，是北美最为出名的旅游胜地之一。对于普通人来说，简单归纳就是集三项大美于一身：山美、水美和人文历史积淀之美。

  93号公路是连接班夫国家公园的南北通道，周围是山脉。群峰叠嶂，座座都是古山，如沿途的克勒曼山（Mt. Coleman）、威尔逊山（Mt. Wilson）、诺叶斯山（Mt. Noyes）、白金字塔山（Mt. White Pyramid）和帕特森山（Mt. Patterson）等。山体地质构造丰富，地貌种类多元，包括湖泊、雪山、草甸、原野、河流、森林、冰川、温泉、瀑布和峡谷，四季呈现出不同的绝美景色。一年四季都适合去班夫国家公园旅游，旺季在夏季（6月至9月中旬），冬季很多游客喜欢去那里滑雪、攀冰，因为落基山拥有最好的雪质，有世界级的滑雪场，春季和秋季可以在这里徒步、攀岩、泛舟。

连绵山峦围就了一处处秀丽多姿、各不相同的湖泊与河流，湖水的颜色由地质成分的不同而各异，多为玉蓝和翠绿的合成色。晴空万里的时候，河湖如蓝玉一般的宝石；清晨和傍晚，它又变成白玉或翡翠绿，湖底的特殊地质物质在阳光反射下形成的色彩在其他地方难以寻找。路易丝湖（Lake Louise）、沛托湖（Peyto Lake）、赫克特湖（Hector Lake）、弓湖（Bow Lake）和梦莲湖（Moraine Lake）这些大名鼎鼎的湖泊，犹如碧玉遍地散开，让班夫国家公园被一颗颗明珠装点得玲珑剔透。

班夫这个名称来源于加拿大太平洋铁路车站的站名。现在，旅行者会选择班夫小镇作为休息地，再安排去东南西北各个方向的景区游玩。从贾斯珀驱车200多千米才能到达班夫小镇，沿途盘山绕水，都是盘山公路。一路上景点一个接着一个，停车、步行、登高、观湖成为一系列连续动作，山水间沉淀了大自然千年变迁的故事，唤醒人们对历史文化的追溯。

沿弓湖流淌下去的便是弓河（Bow River），是班夫的母亲河，贯穿南北。路易丝湖让无数游人竞折腰，它的美丽和神圣将班夫的美上升到了天堂、仙境般的地步。湖边的费尔蒙特城堡酒店也是承载路易丝湖历史的传递符号。一百多年前路易丝湖因景色艳美被偶然发现，迅速成为加拿大的知名景点，不幸的是，湖边这座供游客下榻的费尔蒙特城堡酒店却多次遭遇大火，酒店一次次被烧毁，又一次次被重建。我们发现一个特别有趣的现象，湖边除了这家费尔蒙特城堡酒店外，始终没有建更多的酒店。

从踢马河（Kicking House River）到自然桥（Nature Bridge）这一带景区，以及塔卡考瀑布（Takakkaw Falls）到伊什贝尔山（Mt. Ishbel）和帕洛地山（Mt. Pilot）之间长达几千米的幽静的约翰逊峡谷（Johnson Canyon），都是大自然这位天工巧匠给世人留下的神奇之美。班夫小镇里的博物馆、旅客服务中心和各种带有民族特色和历史文化的商品小店，也在用文字和图片一一述说着历史。

铁道博物馆就在高速公路旁，从山中远眺，目光穿过层层绿荫和树丛，能够瞭望到荒废的隧道洞口，这是当年火车经过的地方。19世纪后半叶，太平洋铁路修建技术虽然不比现代，但"8"字形的进山隧道上坡设计至今还是先进的。由于火车车厢多、长度长，那时还没有燃气动力，只有人工烧煤的方式，加上进山上坡更加需要巨大的牵引力，于是人们开动脑筋，用

班夫国家公园的踢马河与尤呼河汇合处，是一个千年冰川地质的显现点。清澈的尤呼河水与冲刷岩石形成的浑浊的白色河水交汇，使流向下游的河水呈乳白色。

"8"字形的环绕方式缓慢推进上坡，解决了持续输出动力这一难题。我国的詹天佑大师从欧洲学习归来，在1907年修建的第一条中国铁路也是采用这种技术，虽然要比班夫隧道的建造时间晚了近三十年，但在中国历史上已是创举，百年前火车的轰鸣将东西方科技的推广应用彼此相连。

班夫国家公园内有加拿大落基山系的五大动物：大角羊、麋鹿、北美大鹿、狼和大灰熊。有一天傍晚时分，在双J湖（Two Jack Lake）岸边，我们一路看到了大角羊和麋鹿，动物近在咫尺，它们有的走到道路中央觅食，有的在路边可怜地寻找食物，尽管人们会开车慢慢经过，尽量不打扰这些与人类共生的宝贵生命，但残酷的现实是人类的发展已经挤占了动物的原野，它们只能一点点让位给人类。有一幅巨大的公益宣传画让游人们的心灵受到震撼：一只黑熊咬着一个矿泉水瓶，画面旁边配有英语和法语两种文字，英语为"Human Food Kills Wildlife"（人类的食物正在杀死野生动物），警示人们爱护野生动物。

自1990年起，不到1万人的班夫小镇成为阿尔伯塔省的一个自治区，增加了很多自主权利，但很多与发展相关的事务还需要受《加拿大国家公园法》和联邦当局的制约。小镇规模不大，商业服务设施齐备，环境氛围友好，有很多美味的小吃和

落基山脉体型较大的动物主要有五类：大角羊、麋鹿、北美大鹿、狼和大灰熊。图为五大动物之一的大角羊在公路旁边溜达。

餐饮，尤其是以加拿大阿尔伯塔省著名牛肉闻名于世。我们随便在路边找了一家烤肉店"Grizzly House"，这家店也出现在班夫的宣传手册上，人气很旺。我们点了鳕鱼、烤牛排和烤大虾，烤出来的牛肉滋滋流油，外焦里嫩，香气四溢；还点了一份加拿大龙虾，都是精选的当地美食，再配上沙拉和烤玉米，将白色和绿色的菜花相配，便是非常完美的一顿午餐。

与班夫小镇为邻一起给世界各地旅行者提供旅游住宿的还有不远处的坎莫尔城镇，它在班夫南边十多千米处，也是从南边进入班夫的通道。小镇不大，横竖五六条街道，基本构成了一个"田"字框架。这里早年曾以煤矿作为当地的经济来源，坎莫尔地区的无烟煤以坚硬和乌亮出名，清洁易燃。太平洋铁路公司燃煤机车需要大量用煤，带动了这里的煤矿兴起。第一次世界大战前后，战争促使燃煤需求增加，炼钢炼铁让这里繁荣了近五十年。第二次世界大战后，炼钢重地转到了美国的芝加哥，同时世界煤炭贸易的流通让澳大利亚更低价的煤炭可以进入北美，从而取代了这里的繁荣。小镇边上可以看见弓湖的流水穿过小镇，静静地向南流去，从坎莫尔再向南就快到卡尔加里了。

五十年后再来

　　班夫之旅中的湖泊之多，多到让人产生审美疲劳。路途中的湖泊一片接着一片，像尚普兰湖（Lake Champlain）、翡翠湖（Emerald Lake）等这些名不见经传的湖泊遍地都是，以阿伯丁山（Mt.Aberdeen）周边的露易丝湖和梦莲湖最为出色。

　　露易丝湖以标致豪迈且又饱含冷峻著称，是最著名的一颗宝珠。它神奇的碧绿蓝和乳玉青被周围的险峻山峰环绕，远处的白色冰川与青山绿树把湖面掩映出千般妩媚，湖面中的层层倒影叠成细碎斑斓，随手一拍便是大片。在这里人人都可以成为摄影家，不知道有多少人在这里忘却日升日落，流连忘返。

　　梦莲湖以十峰环绕、远山白雪组成秀气灵动的湖光山色走红，成为20元加币上的图案。千年冰川岩石崩塌堆积成自然的湖泊岸堤，可以登高远望，也可泛舟漂流，吸引专业摄影师在礁石上架起三脚架，等待太阳缓缓升起和阳光倾洒在十峰山上，盼望浅蓝色的湖面倒映出皑皑雪山被晨光照耀的那个时刻。

还有不能不去的明尼汪卡湖（Lake Minnewanka），连着这个湖泊的是双J湖，班夫国家公园的诸多高山湖水又如同大自然的一颗颗清澈水滴，被标注在山麓之间，宁静而深邃。穿梭在这些美丽的湖泊之间，我感受到大自然的神工，也为自然、人类及动植物的共生而感慨，在自然界人生百年真的就是一瞬。

夏季去班夫度假是很多人的选择。由于常常预订爆满，露易丝湖附近的酒店是难以入住的，尽管提前几个月预订，价格也会特别昂贵，每天换一个住处是常有的事。如果足够幸运的话，你可以在日日浏览预订网站时等到偶然的机会，同时多浏览几个网站来挑选酒店住房也是不错的做法。

为了赶落日的时点，观赏夕阳余晖下的湖光山色，我们提前预订了邻近露易丝湖边几百米的一家鹿屋客栈（Deer Lodge）。这家客栈几乎是与费尔蒙特城堡酒店同时诞生的，早年美国人发现露易丝湖之美，就开始在这里招揽游客，游客的数量越来越多，需要的服务内容也就越来越多，如咖啡馆、牛排店、鲜花坊和茶吧等。鹿屋客栈的服务内容就是为配套而生的，后来费尔蒙特城堡酒店几经火烧和变迁，酒店规模越来越大，现在已是一个拥有几百间套房的大酒店了，而这家鹿屋客栈始终默默地在旁边陪伴，并没有在规模和设备上升级换代，还是以前

路易斯湖边的鹿屋客栈（Deer Lodge），距今已有100多年历史，到了夏季高峰时节仍是一房难求，古老与现代依旧随行。

的几十个套房。久而久之，这家客栈反而在这里以老旧、古朴独树一帜，原汁原味的特色不逊于几千加元一晚的费尔蒙特城堡酒店。

去了才知道，露易丝湖周围只有两三家酒店，数量之少出乎意料，可能这么多年来管理者就是要保护这里的宁静和自然，才没批准修建更多的酒店。鹿屋客栈就是仅存的几家可供游客下榻的酒店和客栈之一。进入客栈后还是让我大吃一惊，知道了为什么这家看似不起眼的客栈能够长盛不衰：不大的客栈于1906年建立，距今一百多年了，整个建筑看上去虽不显眼，但进到里面很是不一般，全是木质结构不说，所有物件都是老旧的颜色，尽量保留了百年来使用过的物品。古老的家具留存着当年的气息，厅廊的布局狭窄、格调幽暗，再加上一些挂在墙上的发黄的旧照片，如宫殿一样的年代感非常强烈。灯饰、沙发、壁炉、钢琴这些物件都让人穿越到几十年前的岁月。楼梯只有两个人并排的宽度，踩上去还有咯吱咯吱的声响，过道昏暗但还能看到尽头，必须打开走廊上的灯才能看清整个楼道。前台更是简单，没有现代酒店大堂的豪华和阔气，两米左右的柜台上摆满了一百年来的各种陈旧物件，随便拿上一件都会让客人迷上。也许就是凭借这一切，酒店让人们倍加尊重和敬佩。住宿价格也是恪守沉稳，没有因为老旧而掉价，也没有因为珍奇而涨价，一年最旺盛的夏季也就一天300多加元。

我们的房间在205号，像是回到了电影里19世纪初的小屋。客房只有10平方米，带一个长宽均为30厘米的小柜子和两张单人床，床只有80厘米宽吧，屋里还有一个小木头椅凳和很小的茶几。窗户用的是木框，铁制短插销已经松动。卫生间也是小得不能再小了，里面有洗面池、浴缸、坐便器，样样齐全。虽然看不到一点点现代化的设备，却让人赏心悦目。在鹿屋客栈我们看到了年轮并不是物质贬值的原因，财务报表上的贬值只是数字，时间赋予它新的增长空间，古董般的价值连城会让它的社会声誉和文明价值陡升。

第二天清晨，就在我们准备办理离店手续与这里的老旧告别之时，又收获了惊喜和意外。在客栈的院门口见到一对满头银发的美国夫妻，他俩看上去有八十多岁了，老太太喜出望外并自豪地对我们讲，这次是他们两人五十年后再次来到这里游玩，五十年前他们新婚，来到美丽的露易丝湖景区度蜜月，当年就是住在这家鹿屋客栈，五十年后重返故地，他们的心情非常激动。这里不仅有令人折服的景色，浪漫岁月中夹杂的生活磨砺更让他们感叹，五十年风雨中领略无数风景，去过的山川海疆也不计其数，但其他地方并没有像这里一样让他们如此留恋。"五十年后再来"，像是一个计划，更像是一种承诺，我们连声给老两口送上祝福，望着老人蹒跚的背影，再一次感悟到露易丝湖的魅力是如此之大，好像在用它千年不变的明朗征服乱云飞渡的迷茫，好像用它万年尘封的永固回应荣华富贵的沉浮。

离开路易丝湖和梦莲湖，由北向南进入班夫小镇，弓河之水就会一直流淌在左右。晨光和夕阳下，金色的河湖之水映照着千年老树，小镇古道西风的感觉会让旅人生出更多的遐想与寄托。

山水河湖的名字

北美大地幅员辽阔，无论在乡间道路，还是高速公路，都可以驾驶车辆畅快飞驰，不仅没有收费站，而且沿途的生活设施也非常醒目和齐全。远近之处都是自然风光，山峦、河流、湖泊、村庄在地图上标注得非常清楚。从这些山川水系的名字很容易发现大多数都是人名，而且是普通人的名字，既不是历史上特别知名的圣贤和权贵，也不像中国的山水湖泊多以地名命名。班夫国家公园内赫克特冰川湖泊就是以詹姆斯·赫克特（James Hector, 1834—1907）的名字命名的，他是苏格兰地质学家和外科医生，多次来加拿大落基山脉考察，在地质学和民族学领域有许多重要的研究成果。

西方文明复兴的历史是从海洋文化扩张开始的。欧洲率先通过航海向世界各地进发，从大西洋南下，绕过好望角向东进入太平洋，不久发现从大西洋西行也可以抵达北美新大陆，左右合围，实现了全球纵横登陆、辟土开疆。探险家们东征西行，深受本国国王和王室的赞美，封疆许诺的奖赐更是起到了推波助澜的模仿效应。17世纪之后，殖民主义盛行下的欧洲以文明进步来掩饰残酷的全球土地侵略，海洋扩张成为时髦，北美从一开始就几乎完全复制了欧洲本土的政治体制，炮舰下的文化传播实现了最有效率的殖民同化。在加拿大国土上看到的很多以人名命名的山峰和河流，都留下了当年第一批进入北美的探险家的足迹，他们用自己的名字来记录当地的山峰河流、区域地名。在班夫菲尔德（Field）小镇，就能够看到众多当年探险者露宿的客栈小店，这里也是那个年代探险者在班夫一带休息、聚集最频繁的地方。传说刚开始一对兄弟开了小店，一传十，十传百，来这里住宿的探险家和旅行者便越来越多。

在班夫通往温哥华的沿途，有个地方称为"罗杰斯通道"（Rogers Pass），也是以人名命名的，其中有为当年登山探险者遇险专门设立的纪念碑，碑上多为日本人的名字，这里的崇山峻岭是世界各国都认可的高难度探险山峰。在加拿大横跨东西的1号公路接近班夫小镇的路段有一处绝妙景观——塔卡考瀑布。瀑布以希腊语"壮丽"命名，从高高的山壁上冲出，仿佛从天而降。几百米外的人们都会被水沫狂射到身上，这是从高达350米的山涧喷涌而下的水，是千年冰山的雪融化而成的。

贾斯珀玛琳湖周围有很多山峰，都是3000米以上的高山，

在加拿大风景如画的层峦叠嶂中，到处能看到告知来客周围山峰的方位、
海拔和名字的指示标牌。此处是罗伯特森山下的游客服务中心。

如保罗山（Mount Paul）、沃伦山（Mount Warren）、亨利山（Mount Henry）、玛丽山（Mount Mary）等。环绕一周，山峰尽收眼底，这些外国人登峰造极之后，也留下了他们的名字。坎莫尔1号公路Yamnuska Suites（亚姆努斯卡套房酒店）旁的街牌写有"Dead Men's Flats, Alberta"（死亡公寓，阿尔伯塔），用这样的名称也许是探险者用于辟邪的一种方式。

　　看到这么多的以人名命名的山峰，不知道人们想没想过，这是西方法律保护私有的产物。无论官衔、职务，"谁先来谁先得"的规矩在西方人的眼里是神圣的，这种通过探险获得财富的冒险精神直到今天仍然受到西方崇尚，正是持续一个世纪的崇尚，让欧洲人有可能率先发现除了欧洲以外还有其他适宜人类活动的区域存在。在某种意义上，新大陆的发现和工业革命的创新是相同的。看似只要发现一座新的山峰，攀登上去，下来后在资料上标出高度和位置，你就是这座山峰的第一发现人，你的名字就会刻在地图上，你的英名也随之永存，然而更深层次的原因是你是否敢于用自己的生命作为筹码，探索前人从未抵达的生命禁区，这是一种勇闯天涯而不愿苟活的生死观。

　　在渥太华国会山上眺望，远处的风景非常美丽。走进历史博物馆，大厅的穹顶用像船一样的条纹镶嵌而就，印第安人的图腾屹立在大厅内。博物馆内的很多藏品展现了加拿大原住民的传统生活方式，他们多以山居为主，只有东部的一部分本土人是在海边生长的，展厅中用各种画卷、实物、图片、作品描述两百年来加拿大的探险发现和物质进步，当然也包括法国人和英国人远涉重洋，无数次来到这片土地上的探险行程。大大的沙盘和制作精美的模型，以及声光电等现代化的表现手段，突出了如今加拿大发展繁荣的骄傲历程，而这个过程同时也是加拿大原住民被改造的艰难岁月。参观的人们像走在时光隧道一样，穿行在这二百年的变化发展之中：1799年前后，探险家们第一次乘风破浪来到北美这块大陆，好奇和陌生让他们成为未来的英雄；1772—1775年那位库克斯（Cooks）和1776—1780年名叫温哥华的两位船长，最先从太平洋航行到加拿大这片神秘的土地，在人类文明史上可以称为蓝色文化的传播先驱者。对于印第安人来说意味着什么？是衰败还是进化？是融入新的文化，还是被征服后的认同？这些概念始终是历史学家和人类学家无法定性的。

在温哥华的海滩上，有一个似窗非窗的大型钢制雕塑，这里就是当年温哥华船长率队来北美的一个登陆点。这个雕塑直立在温哥华岛的中心地带，人们在北温、西温、市中心这几个温哥华视野最好的地方都能看到它，用以高调纪念早年探险家的成功足迹。游客们从这个海滩向东走，温哥华海事博物馆

（Vancouver Maritime Museum）外有两个硕大的、已经锈迹斑斑的铁锚，四周依然绿草如茵，像是要告诉人们270年风雨沧桑之后已经焕发出勃勃生机。

欧洲人到达北美大陆后还有一个不争的事实：当年一些欧洲国家有一个不成文的规定，将罪犯全家流放到加拿大东部，不仅消除了他们返回欧洲的可能，还让刚刚获得的新大陆有了被建设繁荣的希望。至今我们在东部新斯科舍、爱德华王子岛、新不伦瑞克和纽芬兰都可以看到当时法国人和英国人来到这片沃土后，把这里当成自己的家园耕耘、繁衍的文字和实物记载。这些留下来的欧洲后裔把异乡当家园，辛勤劳作，饱经风霜，虽然与欧洲大陆只有大西洋一海之隔，但他们知道永远也不会踏上返程航船的甲板了。然而，沧桑巨变，如今加拿大东部的繁荣已经成为这些欧洲子孙们值得夸耀的传奇。

哈利法克斯要塞

去往加拿大东部四省可以先到新斯科舍省（Nova Scotia）省会哈利法克斯（Halifax）。这个城市的位置太重要了，无论战争年代还是和平时期，它都是美国和加拿大最东部交界处的水路和陆路要塞。欧洲人从大西洋进入北美，这里是最近线路的必经之路，之后就能直通加拿大和美国。第一次世界大战时，加拿大军队包括皇家22、24军团都从这里登船前往欧洲参战，很多军人再也没有回来。后人为了纪念这些英雄，在城市港口立下纪念标志"The Last Steps"（最后一步），这个字牌现在依然醒目地矗立在海事博物馆外。

"这是一个战略要塞城市"——是踏入这个城市后的第一印象。还有一个让人震惊的故事就是泰坦尼克号沉没的地方就在哈利法克斯海域附近，全球有10个泰坦尼克号纪念馆，这里的大西洋海事博物馆就是其中一座。展馆里陈列着一把特别的帆布躺椅，就是当年那艘著名的泰坦尼克号上的遗物。

新斯科舍省省会哈利法克斯的太平洋海事博物馆外，竖立着一个标志牌
"The Last Steps"（最后一步），让人们铭记战争年代从这里登船、启航
的历史。

而这个城市不能忘却的灾难中还有一个悲惨的事件：1917年12月6日，第一次世界大战后期，一艘满载5000吨弹药和炸药的法国军火船蒙特布兰克号与一艘比利时救援船在哈利法克斯港口近处相撞，刚起火时，许多市民还涌到码头观看，之后的爆炸成为人类历史上原子弹爆炸之前最大级别的爆炸，刹那间5平方千米街区被夷为平地，2000多人死亡，上万人受伤，数十年后这个城市才缓过劲来。

城市中心有一个"八角星形城堡"，记载着早年英法征战加拿大的故事。如今蒲公英花在古城堡上盛开，蓝天把这个要塞映衬得格外亮丽，特色鲜明的建筑风格和石块构造还是无法转移人们对这座城市的军事价值的关注。现在，哈利法克斯已经是加拿大大西洋地区最大的城市和主要经济中心，这个城市中络绎不绝的、最主要的人流是游客。

离海事博物馆很近的下水街（Lower Water Street）是哈利法克斯最为繁华的海边闹市区，这里有不少知名的网红特色餐厅，其中有一家名叫"The Bicycle Thief"（偷自行车的贼）的意大利餐馆很惹眼。门口小广场上用一堆大红色自行车堆就的自行车雕塑太吸引人了，十多辆自行车叠得老高，颜色是鲜红的。这个雕塑和英文店名与意大利新现实主义电影经典之作《偷自行车的人》不谋而合，路过的人都不会错过与这个雕塑合影的机会。餐厅里有哈利法克斯流行的美食龙虾卷和龙虾面，这道美食是来海边的游客一定要品尝的。

哈利法克斯的标志性景观是海洋上的灯塔，灯塔的塔尖是大红色的，下面是白色的底座。据说，世界上最早可以传递邮件的灯塔就在新斯科舍省的佩姬湾。这里有一个传说：当年有一个小姑娘从欧洲坐船途中遇到海难，随海浪漂流到这里，被人们救起后在这里结婚生子，她的心中总是惦记着家人，就不断向远方眺望。佩姬湾的海风非常强劲，海边的小房子也都十分漂亮，五颜六色、鲜艳夺目。把墙壁涂成夸张的色彩除了显眼，还能防止被海风和潮水侵蚀而褪色。原来这里的主要产业是造船，刷船的油漆生产出来后用不完怎么办？各家各户就把自己的房子刷上各种颜色，后来人们觉得这样可以让生活也变得多姿多彩，慢慢就都坚持这样做了。

沿哈利法克斯西南的玛格丽特海湾而行，见到的卢嫩堡德式小镇也是新斯科舍省的一张名片。一百多年前，这里是造船的地方，人们来这里观赏帆船比赛，其中最为著名的是"蓝鼻子"号（Blue Nose）帆船。1921年，这艘帆船由卢嫩堡本地人设计和建造，"蓝鼻子"号帆船承载着加拿大人的自豪，号称历史上曾在比赛中战胜美国帆船队17次，美国队从未胜过一场，加拿大人总是喜欢以能在各种体育比赛中战胜美国而沾沾自喜。1946年，这艘船在海地附近海域失事沉没，但说起这段历史，依旧是加拿大人家喻户晓的骄傲。这种双桅帆船后来加入了机器引擎，但还是保持着庞大的船体，漂亮而壮观。如今来哈利法克斯的游客如果运气好，会在附近几个海湾中看到仿制这艘"蓝鼻子"号的蓝白相间的大帆船。

卢嫩堡小镇上的教堂不少，只有不到几千人的小镇却有7个大教堂，最大的天主教堂是来这里观光的人多数会去参观的景点。游客在码头可以乘船出海打鱼，也可以让船夫带着你去看鲨鱼，当然价格不菲，出海一次差不多要四五百加元。这里的餐厅不仅供应餐饮，而且是一个个小型博物馆，不大的展厅展示着各个时代的老照片和旧式工具，其中有当年人们捕鱼和狩猎的历史图片，给游人留下深刻记忆。这些平平淡淡的旧物被充分利用，不由得让来访者更加尊重生活在海边的人们的生活传奇。

小镇到处都是艺术空间，小街小巷处处摆放着鲜花，从居住环境到各户民居的外墙装饰，从公共设施的卡通造型到点缀在街区的绘画，到处都是充满艺术性的装点，艺术已是小镇居民生活中的一种自然状态。这里被联合国教科文组织认定为世界自然文化遗产，挂上了世界权威组织授予的金字招牌。房屋外的图案色彩鲜艳，和海洋的蓝色组合成海边村落的独特风光，让

　　"蓝鼻子2号"（Blue Nose Ⅱ）帆船是历史上加拿大人与美国人进行帆
船竞赛中屡次获胜的英雄船只，已经成为加拿大人自豪的代名词。这艘仿
制的机帆船在加拿大东部四省海域环行，深受市民的欢迎和喜爱。

生活和艺术完美结合，也让历史文明焕发青春。这种生活和艺术的融合是最自然不过的美好，如果刻意拔高人们的生活状态，那么街巷艺术和村落艺术对于民众来说就成了超越现实的空中楼阁。

哈利法克斯城市人口不到50万人，民风淳朴，风景以自然风光最为惹眼，看似从多伦多飞过来要3个多小时，两地之间却只有1小时时差。加拿大国家铁路西始温哥华，最东端就在这里。城市不大，但历史悠久，从1841年建市至今，在加拿大没有几个城市的历史跨度能够超过它了。刚刚建市时叫"新城"（Newtown），后来改为哈利法克斯，是以当年积极支持英国殖民运动的英国商务大臣哈利法克斯伯爵（1661—1715）的姓氏命名的，一直沿用至今。

环游海洋三省

加拿大东部是海洋四省，纽芬兰和拉布拉多省区的人口少一些，而海洋三省新斯科舍省、爱德华王子岛省和新不伦瑞克省环游一圈就能玩遍，行程如果安排得充分一点的话，三天就足够了。

新斯科舍省是加拿大最温暖的省，几乎被大西洋包围。半岛状的地形连通加拿大内陆，从哈利法克斯出发沿海湾潇潇洒洒地游览新斯科舍省后，就可以在卡布里乘船登上新月形的爱德华王子岛省。海程不长，游船上咖啡点心等餐点丰富，加拿大人经常品尝的咖啡品牌——星巴克（Starbucks）、第二杯（The Second Cup）、蒂姆霍顿（Tim Hortons）在船上都有供应。游轮航行2小时就到了伍德群岛的滩头码头，登岸后先看到的是著名的伍德灯塔（Wood Islands Lighthouse）信号屋所在的湿地景点。这里的一座白色灯塔，静静地矗立在海湾一角，指引着过往的船只，这可是1万年前就开始有人类生活的地方，多少会给来访者带来一定的神秘感。

传说上帝把创造大地的一把土撒在了波涛汹涌的大西洋中，于是就生成了一个美丽的小岛爱德华王子岛，实际是五千年前海平面上升淹没了低洼的北美大陆，只留下这一块地势较高的红土地，漂泊在大西洋的波涛之上。"浮在波浪上的摇篮"是原住民给岛屿起的名字。大海和一片片农田相伴是这个神秘岛屿持续不断的风景线，地理气候让爱德华王子岛省成为世界著名的小麦和土豆产区。

爱德华王子岛的首府是夏洛特敦市（Charlottetown）。这座小城建于1898年，据加拿大人说，历史上英国人和法国人为争夺夏洛特敦打过几仗，法国人最终败下阵来。今天来看，这座百年小城依然不失旧时的繁华和现代的整洁：教堂、餐厅、酒吧、政厅、码头都在路边，以维多利亚时期的建筑风格和充满艺术氛围的海滨街道而盛名；步行街的两旁鲜花簇拥，洋溢着浪漫多彩的气息。这里也是加拿大本土冰淇淋第一品牌"COWS"的故乡，"COWS"诞生的年份并不久远，1983年才问世，20年后便被《读者文摘》（*Reader's Digest*）和《淘客世界探索旅行》（*Tauck World Discovery*）评为"世界上最好吃的冰淇淋"第一名。此外，小城的艺术场景也格外出圈，一年四季展览等艺术活动层出不穷，为居民和游客提供了丰富的文化和娱乐享受。

车行向北就接近圣劳伦斯湾了，这里是蜚声世界文坛的

世界名著《安妮的绿色小屋》(也译为《绿山墙的安妮》)讲述孤儿安妮的成长故事,她的纯真和坚韧打动了全球读者。这座绿色小屋是典型的西方19世纪农家小院,屋外绿瓦白墙,屋内素雅浪漫、陈设如旧。如今,这里已经成为文学爱好者的朝圣之地。

作品《安妮的绿色小屋》(也译为《绿山墙的安妮》)的溯源地——作者露西·莫德·蒙哥马利的故居，每年吸引60万游人来此游览。书中那个"长满雀斑"的红发小姑娘陪伴了好几代人长大，朴实、勤劳、坚强而又对美好生活充满憧憬的人物，与书中描写的花草丛林、蓝天白云、山谷宁静中的绿屋乐园成为现代人渴望的愿景，"每个人心中都有一个安妮，我要去寻找我童年记忆中的那个安妮"，这是英国凯特王妃来岛度蜜月时留下的话语。历史沉淀一百多年后，安妮小屋依然保持着当年的摆设，东西虽都古旧不堪，但人们还是会走上小楼的二层观看这些生活用品和织布农作的工具，后面的花园还是那么漂亮，鲜花盛开，绿树成荫。我们没有走进书中所写的草地尽头的阿迪亚森林，但书中的"愉悦之路""闪光小湖"依然让人们心驰神往。

爱德华王子岛被红土覆盖，这是海中含有高酸成分的土壤经过海水冲积多年形成的。这里不能生长出高大的植物，岸上有的都是沙刺类植物，由于海风猛烈，这些不高的灌木被劲风吹得左右摇晃，太阳落下的傍晚，蒿草被照耀成一片金黄。

从岛上由北向南经过世界上最长的跨冰冻联邦大桥进入新不伦瑞克省，这个省是除魁北克省外最大的法语区，与美国缅因州直接相连，省内最大城市圣约翰似乎比省会弗雷德里克更出名。在这里，人们生活节奏慢，依靠自然森林和天然矿产自

爱德华王子岛全岛被红土覆盖。这种含高酸成分的土壤经海水冲积多年而成，呈铁锈色。

给自足。联邦大桥曾经是世界前三的跨海大桥，修建于20世纪90年代，是加拿大政府的一个重大决策，花费七八年的时间才修建完成，而且还债也花了七八年时间。这座大桥的跨度有2万米左右，在加拿大也不再有第二座桥比它雄伟壮观了。

夜宿蒙克敦，第二天清晨我发动车辆经过磁力山（Magnetic Hill）。新不伦瑞克省也是与内陆相连的半岛，最值得观赏的是芬迪湾（Bay of Fundy），这里是欣赏潮涨潮落的好地方，由于地球引力的原因，涨潮与落潮的水量位列全世界海湾第一，增减量达到数亿立方米。潮汐变化非常之快，通过一个小试验就能验证——我在高处放了一个小石头，1分钟后小石头就被海水淹没了。接着，人刚离开山坡，回望发现一条刚走过的路转眼间已经被潮水淹没，只有刚才带着小帆板过去的人才能够划着回来。火山岩是这里的特色，土石的颜色像是刚从炼钢炉冷却下来一样，花瓶石是其中最为迷人的。

在新不伦瑞克省吃龙虾和螃蟹是应该吃整只的，因为这两样美食是这里的特产。听说中国的一些企业专门从这里进口龙虾，于是当地的价格也随之水涨船高。原来加拿大人是不太吃龙虾这种食物的，他们认为这种食物比较脏，因为这些螃蟹和龙虾吃的是海里的浮游生物，如死的小动物和其他生物的分解物，但现在外国人将食用这类食物的风潮带动起来后，当地人也开始将它们放上餐桌。市场里龙虾的价格是每磅十几加元。要不是亲眼所见，还真不敢相信海边餐厅的活龙虾有六七十厘米长，有成人的胳膊那么粗圆，通红的身体和大大的爪子在人前晃动。过秤后就可以烹饪，加工方法也很简单，就是用水煮一下，加些葱姜蒜之类的调味，醋也是必不可少的。人们大快朵颐，直呼过瘾。夏天是吃龙虾的季节，生意红火。在希迪克小镇，游客们可以看到世界上最大的"龙虾"，这是一个雕塑，十几米高，还有梯子供人们上去玩和拍照，加拿大国旗在龙虾雕塑后面飘扬，这也是一种民族自豪感的表露吧。

绕过芬迪湾就回到新斯科舍省，哈利法克斯的东北方是布雷顿角公园和该省第二大城市悉尼市，也是加拿大最东南的位置。布雷顿角上的天际步道（Skyline Trail）和自然动物公园都有极富特点的景致，游人们一心想看的驼鹿在这里轻易可见。它们家室成群，在树中悠闲地吃着果子，游人们不会惊动它们，只会在远处拍照，用长焦抓拍几张照片就心满意足了。

东极纽芬兰

　　组织加拿大海洋四省旅游的旅行社并不多，多数旅行团的项目只有海洋三省，缺少纽芬兰与拉布拉多省。这是因为从加拿大中西部到这里还是有点远，加之前往纽芬兰岛需要坐船，这也无形中增加了旅行者的出游时间。

　　纽芬兰与拉布拉多省在加拿大东北角的位置，是加拿大最年轻的省，2001年年底才变更为现在这个名字。虽然名字是新的，但一千年前就有北欧人在这里活动了，这里是北美最古老的城市之一，世界六大名犬之一的拉布拉多犬的诞生地就在这里，也为其增加了不少名气。纽芬兰岛上有地幔变成高山，有海底隆起的峡谷，有北极漂来的冰川，有鲸鱼、黑熊尾随，毫不夸张地说，经过这里可以看遍地质公园、动物公园、海洋公园和北极公园。

　　新斯科舍省悉尼市距纽芬兰岛最近，悉尼市码头上有一把世界最大的小提琴，那是凯尔特人为庆祝自己的节日而建的，据说借助起重机依然可以演奏。爱尔兰人和苏格兰人的后代凯尔特人的音乐文化在这里十分流行，他们创造了属于自己的盖尔语音乐。在悉尼码头坐船是去往纽芬兰的唯一方法，要坐近4小时才能到达纽芬兰岛。船舶隶属于皇家海军，上下一共分为9层，底层可以驻车，设施与豪华渡轮差不多。海路横跨圣劳伦斯海峡，沿途可以饱览北大西洋风光。

纽芬兰岛西部是联合国自然文化遗产——格罗斯莫恩国家公园（Gros Morne National Park）。地幔高高耸起，呈褐红色，山形好似被刀劈斧砍过似的，是地球上唯一与火星地貌相似的地区，几亿年前地壳上升运动，导致地幔被从地球内核翻出来。游人在公园里远看近观都是震撼，但要记住，沿途的溪水不能喝，更不敢把漂亮的石头带走，多少还是对古老的地质物质成分有些担心吧。纽芬兰岛上的西布鲁克冰蚀峡湾（West Brook Pond）号称可以与中国的三峡相比，两岸的山谷也孕育了很多美丽的传说，人们根据山峰和石头的形状起了有趣的名字，冰川融化与特殊地质构造组成的天然水峡真是无比奇特。峡谷里的局部气候多变，一场10分钟的暴雨过后马上艳阳高照，当太阳从乌云中钻出来，阳光照耀湖面，眼前立刻显露出闪闪的金色波光。

纽芬兰岛上的原始状态被保护得很好，除了湖泊、沼泽，还有各种动物。据说人们可以在规定的季节来此打猎，黑熊、驼鹿（Moose）、北美驯鹿（Carbou）、纽芬兰狼等稀有动物都可以捕猎，只要按要求取得持枪证并在教练的指导下狩猎就可以。在圣玛丽岛观赏候鸟是来纽芬兰岛的另一个收获，海雀、塘鹅、海鹦鹉等很多中国看不到的水鸟在这里漫天遍野。坐上机帆船在接近北冰洋的大西洋海域停下漂泊，船前身后都能看到巨大的鲸鱼在附近嬉戏，跃出海面的鲸鱼的个头至少有四五米，一头头鲸鱼在水面换气，翻起鱼尾，让人们惊叹不已。鲸鱼真是神奇的海洋动物，游速奇快，而游客坐在船上随浪漂荡，想端稳手中的相机拍下鲸鱼踏浪的瞬间也不容易。船体的晃动让抓拍难度变大，能够捕捉到鲸鱼换气的镜头和翻尾的动作就很荣幸了。当地渔民告诉我们，出海能够看到鲸鱼是幸运的象征。

三文鱼洄游是海洋生态的一个奇迹，在加拿大西海岸和东海岸都可以看到。大西洋的三文鱼更为珍稀，因为这些三文鱼来自允许捕捞三文鱼的北欧，而加拿大禁止捕捞，因此三文鱼能够经大西洋洄游到加拿大东海岸已是一个奇迹。加拿大人开玩笑说："我们保护了繁殖环境，而北欧人还是不停地捕捞，这么一来，鱼种还是越来越少。"加拿大和北欧甚至还在国际会议上公开争执，各不相让。加拿大人在纽芬兰岛建立了一个人工繁殖中心，一直潜心研究三文鱼繁殖循环（Salmon Life

Cycle）过程。他们通过建立一个大坝，人为地让三文鱼从低到高、按照自己的生命繁殖习性找到去大海的路径再游回来，帮助鱼儿返回故土。在这个中心可以看到三文鱼跳跃着进入上一层的高坡，再从上坡的顶端游回大河，也能看到三文鱼的天敌围在河边，等待一顿饱餐，生态链中的弱肉强食是很残酷的。

隔着圣劳伦斯湾和拉布拉多海，在离北冰洋最近的大城市圣安东尼可以近距离踏浪，接触冰山。这里的冰山来自上一年从北冰洋板块坍塌、滑出、分离的巨大冰体，通常需要花费两年时间才能漂移到这一区域。乘坐游艇开到冰山的边上近观，确实太漂亮了，数十米高、直径几十米的不规则巨大冰体在阳光下白里透蓝，像玉石一样晶莹透明，仿佛是蓝蓝的海面上一朵正在盛开的白玉兰花。地球的气候不断变暖，冰山的融化速度已经越来越快。从北向南，冰山在大西洋洋流的作用下被慢慢推向南方，经过拉布拉多海和格陵兰岛西岸到达这里。

穿过中部城市甘德继续向圣约翰斯（St. John's）靠拢，纽芬兰省会圣约翰斯地处纽芬兰岛的最东南角。17世纪以来英法为争夺殖民地激战多年，这个重要口岸封锁了大西洋进入加拿大东部的最前沿。海口处的山上建有信号塔，游人们都会兴致勃勃地登上信号山，俯瞰整个城市的独特之美，然后再去品尝一下纽芬兰岛的鳕鱼。纽芬兰岛盛产世界上最为洁净的大鳕鱼，

纽芬兰岛圣安东尼市周边海域是观赏冰山从北极漂浮南下的最佳观赏区。
每年6—8月，巨大的冰块从大西洋北部顺流而下。同时，鲸鱼也在这一
带海域频繁出现。

当地欢迎远方来客的传统方式就是用生鳕鱼嘴配辛辣的朗姆酒。

圣约翰斯城是欧洲葡萄牙与加拿大隔海相望最近的地点，大西洋对面就是欧洲本土。在东极坐标的斯皮尔角国家历史公园建有葡萄牙人竖立的纪念牌，当年最早登陆的葡萄牙人一定无比自豪和得意，私有制焕发了人们探险和追求新世界的欲望，美洲大陆、非洲大陆，乃至世界各地的山峰和谷地，都是由这些好奇且疯狂的船队所发现的，整个北美的开发和成长就是一部探险与征服的历史。

纽芬兰岛的行程从西岸角溪镇开始，环岛一周，止步于圣约翰斯。清晨和傍晚屡经风雨，而短暂风雨过后便是晴天，彩虹满天，一弯弯大彩虹挂在宽广的天地间，充满人们的视野。记得在途经贝尔维尤（Bellevue）小镇时，我们在一家"三姐妹"（Three Sisters）西式餐厅吃午餐，小店里的客人满满当当。我们在一位老妪和先生的小桌旁坐下，两位当地人看到中国人有点抑制不住地兴奋，高兴地与我们攀谈起来。原来2008年北京奥运会期间他们到过中国，游玩了很多城市，留下了非常美好的回忆。这样的偶遇对于如今的中国人来说已经一点不稀罕了，世界之大，还有什么地方没有中国人的足迹呢？

横跨两端观涛涌

　　加拿大的各个旅游景点大多有两个椅子，由横条和竖条的木板组成，色彩醒目，一个红色，一个蓝色（有的地方是同样的颜色）。而且摆放位置特别讲究，木椅前方就是最佳观景视角，看到这两把椅子，就找到了最佳拍照位置。游客多的时候需要排队等候，才能在这个地方摆POSE（姿势）、拍照。人不多的时候，人们可以在摇椅上躺下，享受阳光和海风，仰望蓝天、云彩和飞鸟，远眺群山密林、过往船只和湖海浪涛。

　　加拿大西起温哥华岛，东至纽芬兰岛的斯皮尔角国家公园，东西跨度近6000千米。西端维多利亚城"Mile 0"的地理标记处，是横跨加拿大全境的"大动脉"1号公路的出发点。维多利亚城是不列颠哥伦比亚省的省会，虽然风头不及温哥华，但毕竟是加拿大最古老的城市。加拿大全境处处都有最早的原住民初始文化的印记，也有很多两百多年历史的荣耀记载，不论最西端的温哥华岛的彻梅纳斯（Chemainus）"壁画小镇"和

两个红色木质躺椅整齐地摆放在景区的最佳拍摄位置，前方是纽芬兰岛格
罗莫恩国家公园，地幔凸起使之拥有高山地貌。

纳奈莫（Nanaimo）港口，还是最东极的纽芬兰与拉布拉多省最北端的拉安斯欧克斯梅多国家历史遗址，都展示了加拿大数百年来的人居文化，这些公益性的宣传是一种全民教育，给予百姓尊重历史的敬告。

在温哥华城区有一个著名的鹿湖公园，是温哥华比较大的湖畔游览景区。这里常年开放的展区专门介绍所在城市本纳比的发展历史，重点讲述1900年前后的事。当时第一次世界大战还没开始，铁路已经是这里比较重要的交通工具，人们开始摆脱只能依靠水路的远行方式。铁路是英国人发明的，当然管理也得靠他们，英国人把欧洲工业革命成果和意识形态变革一点点平移到北美。展区里有当年小镇的全景介绍，包括学校课堂、官员府邸、RBC银行、汽车维修站、加油柜等的原始样貌，通过这些实物展示教育市民铭记加拿大的发展历史。这是一种潜移默化的爱国主义教育，目的是希望一个城市的人们永远记住这些繁荣背后真正的英雄。

没有一个国家的过往是只有荣誉而没有挫折的，政府也会把反面事例作为教育材料。加拿大水多桥美，美誉满满的桥梁中除了狮门大桥、联邦大桥，还有卡尔加里红白相间的和平桥，而魁北克大桥则是众多建桥业绩中的一个耻辱。1907年，魁北克大桥在剪彩前突然倒塌，成为教科书式的反面案例，3千米跨度长的大桥上的1.9万吨钢筋掉落，75人当场身亡，倒塌发出的巨响传至1万米以外的城区，这是世界桥梁史上的一个悲剧。后来人们在旁边又建了一座平行的桥梁，把旧桥永远钉在历史的耻辱柱上。桥梁倒塌是因为设计上存在致命问题，现在全世界每一个桥梁学和建筑史课程都会有这一课。荣辱相随并不与民族自豪感矛盾，就像我们在加拿大经常能看到节日时人们手中舞动着的小小国旗，也像那艘"蓝鼻子"号帆船把骄傲带到加拿大各地让人们拍照一样，哪怕有一点点可以引以为荣的快乐，都会成为加拿大人心中的开心和骄傲。看得出来，这种荣耀感是发自内心的。

在北美，加拿大人自我感觉良好是出了名的。他们认为加拿大人比美国人更亲和友善，人们通常会用"友好"（Nice）这个词形容加拿大人的礼貌状态。加拿大人常把"对不起"（Sorry）挂在嘴边，很多时候两人不小心撞了一下，都会抢着说"Sorry"；城市里各家各户的房门大开，院子里种满了花花草草，主人还会主动请路过的陌生人欣赏他的园艺作品，也会把自己家中的书和椅子放在外面，供路过的陌生人坐下来休息、看书；面对面走过，大多加拿大人会与对面的人主动打招呼；就仅说遵守交通规则的认真程度也遥遥领先美国。所以说外国人特别适合来加拿大旅游，游客们很容易就会感受到加拿大普通民众的友好，当地人看见外国游客会特别高兴，甚至会主动上前攀谈。有一次我穿着一件印有"泰国"字样的T恤，一位长者老远就向我走来，问"你是从泰国来的吗"，接着说了许多对泰国的美好印象，老人的样子令人感动。

普通的加拿大人对动物和自然环境也是非常友善的，无论城市内外，只要遇到动物，司机都会减速让行，"静音不鸣笛、等候不抢先"。人们不允许喂食野生动物，更不可以伤害野生动物，人和动物各自严守尊重的界限。郊外的停车场都有标牌提示：不要将食物放置于车内。夜深人静的时候，黑熊会来到停车场，闻嗅车内有没有可以吃的食物，于是人们都不敢在车上留下食物，只能让黑熊失望而去，否则车辆会被翻得乱七八糟。

对于人与自然的相处，芬迪湾迪奇森山林（Dichson）有一块爱护环境的提示牌，上面的文字大概能把人与自然的和谐关系解说得比较清楚：芬迪国家公园是芬迪湾海岸和喀里多尼亚高原两大环境体系的相遇之地。有时我们说它是盐与冷杉相遇的地方，因为它是海洋与森林相遇的地方。（Fundy National Park is a meeting place of two major environment systems: the bay of Fundy Marine Coastal Environment and the Caledonia Highlands Plateau. Sometimes we say it is where salt meets fir, because it is where the ocean meets the forest.）人和环境之所以不可分割，是因为物种与自然之间有着依赖关系。

在加拿大，游人能看到许多美丽壮观的瀑布。自然之水在山中积累，不断冲击山石和泥土，当阻挡物再也不能阻止它们的时候，就从最弱的地方冲了出来，或从高处突然向下，或从地下喷涌向上，形成我们肉眼看到的水柱，便称为"瀑布"。之后洞口越来越大，瀑布的水势也更加震撼，汇聚成河，流向大海，再顺着海洋在全球环行，日出日落，涛涌往复。北美大陆原本并不缺少原始人类的生存活动，自从探险者登陆，就有了国家间持续上百年的争夺，其结果不管你认同还是不认同，能做的只有主动改变或者无奈接受。

回归，你终究属于哪里

　　加拿大东部纽芬兰岛巴德克（Baddeck）小镇是亚历山大·格雷厄姆·贝尔从英国移民加拿大后落户的城市。他是世界第一台可用电话机的发明家，也是著名公司贝尔电话（AT&T前身）的创立者；他一生有很多发明专利，美国和加拿大都把他当成自己国家的英雄。贝尔出生于英国爱丁堡市，1870年移民加拿大，1882年又加入美国国籍，说他是加拿大或美国科学家都没有错。最终还是加拿大人厉害，宣布美国人的说法无效，他们在贝尔去世前居住的巴德克小镇上竖起了雕像，以此纪念这位伟大的科学家。移民这个概念在国外是一个非常中性的词汇，想在哪里发展就去哪个国家住一段时间，一个人的国籍可以来回变换，但他创造的成就可以跨越国界，成为全人类共有的财富。

　　在国外生活和工作是一种选择，不论前往哪个国家，也无论在这个国家居住时间长短，都是人生的探究和经历，无须刻薄地在意这些选择的动机。既然一个人无法选择自己的出生地，也就意味着婴儿在哪个国家诞生是一种偶然。当孩子成人后，为了实现自己的人生规划，会在一定的条件下做独立选择，这是一种权利。出生和居住在一个国家，并不代表一生都要一成不变，求学、工作、成家等生命中的发展和机遇随时可能发生变化，而为了更好地利用优势和条件就可能做出一些变更长期居住地的决定。一个人更易于在什么地方实现自己的愿望和目标才是应该考虑的重点，在科技、文化、娱乐、体育等所有领域创造的成绩，都是属于全人类的，这个理念更加符合当今全球化融合与合作的趋势。

加拿大不列颠哥伦比亚省坎鲁普斯也是一个世界各地移民会聚的小镇，各国移民健康快乐的生活中最为开心的一个欢庆活动就是老爷车车展。阳光下，世界各国各式各样的老爷车在这里停留巡展，异彩纷呈、争奇斗艳。几十年前的寻常柴油车，或者当年的限量版定制豪车在车展中随处可见。在车展上人们比的是历久弥新，晒的是曾经的气壮豪迈与如今的古老焕新，他们内心的骄傲是快乐的源泉。这些老爷车中有上百个轮胎的超长货车，有儿童玩具车，也有大型消防救火车，统统都是私人收藏，且必须是可以行驶的车辆。伴随着一张张自豪的笑脸，车展上弥漫着一种过节的气氛，有的车主把车辆的照片放在车上，让喜爱的客人们随意取走，收藏精致的车辆画片也是车迷表达喜爱程度的一种方式。看到这样的场景，所有人都会从内心感觉到，这就是平平淡淡的日子中不平常的快乐，是放弃复杂、懂得知足的开心生活。

这些年来，海外华人也已经融入了国外生活的平常状态，他们中的一些人放弃了中国的平静生活和工作环境，选择在国外从头开始。虽然没有在中国那么熟门熟路，但也是步步为营，不断攀登新的台阶。华裔在国外打拼的典型之路主要有三类：第一类是打工谋生的人。他们在哪里打工都一样，收获工资的同时坚守着获得一张绿卡的希望；第二类是技术移民。他们多为早年出国，凭借自己的学历和工作经验，以工作和技术实力努力奋斗，获得成功；第三类是投资移民。近年来他们通过投资获得在加拿大等国长久生活的资格，可以用投资收益来享受生活，不用工作，享受异国的轻松生活。这些人中也有一些华人是特意为照顾子女或孙子辈的生活，来国外陪同孩子们读书成长的。眼下进出国门已经不再新鲜，多数情况下想去就去、想回就回，给予国人从未有过的便利。同时，我们隐约感知到东西方文化在这个时期的包容与平衡并不总是持续的，平衡的打破意味着这种融合与共享将被中断。移居海外的人们，无论求学还是工作，育儿还是养老，时间一长，还需要扪心自问：哪里可以让你获得更丰富的自由和愉悦？哪里可以获得更多的亲情及情感倾诉？身处异国他乡，人们的安全感是自己认可的那样吗？在哪里生活让你感到更自在、更随意、更轻松？尽管我们都知道无论在哪里都少不了抱怨和愤怒，而你能够抗争并从中解脱、释怀的地方又在哪里？这些疑问的答案因人而异，但相同的是要遵从自己的内心。

19世纪后半程，西方人大多还是另眼看待中国人的，不仅因为中国的国力还很弱，而且因为在西方教科书中，中国的历史是以落后、封建标注的。记得从20世纪80年代开始，出国留学的中国学生比较容易获得全额奖学金。这些国家的大学将中国学生看成来自贫穷国家的学生，奖学金政策也向中国留学生倾斜，而如今世界各国排名靠前的大学很少能够再给中国学生全额奖学金了，取而代之的是中国学生带去大量资金，交给外国学校作为学费和住宿费。国家强盛和经济发展所带来的这些改变也让外国人对当下的中国刮目相看，另一面是每年有大量外国人前往中国求职和生活。

数十年前，来中国的外国人非常少，马路上有个"大鼻子老外"，甚至会引来中国人的围观。而现在，来中国工作和做生意的外国人随处可见，人们也不再感到稀奇。这种鲜明的反差告诉人们，进出国门已经不再是什么特殊待遇，每个人选择在国外生活还是回到熟悉的故乡街巷，选择远行还是回归，都是自己主宰的。你可以做出选择和改变，但究竟如何在一个国家长期居住下去，将取决于你内心深处的动情呼唤。